U0654966

酒馆里的
铜离子火

蔡烜赫 著

山西出版传媒集团 山西人民出版社

图书在版编目（CIP）数据

酒馆里的铜离子火 / 蔡烜赫著 . -- 太原 : 山西人民出版社 , 2024.7

ISBN 978-7-203-13368-1

Ⅰ . ①酒… Ⅱ . ①蔡… Ⅲ . ①文艺一作品综合集一中国一当代 Ⅳ . ① I217.1

中国国家版本馆 CIP 数据核字 (2024) 第 101932 号

酒馆里的铜离子火

著　　者　蔡烜赫
责任编辑　席　青
复　　审　吕绘元
终　　审　武　静
装帧设计　阎宏睿

出 版 者　**山西出版传媒集团 · 山西人民出版社**
地　　址　太原市建设南路 21 号
邮　　编　030012
发行营销　0351- 4922220 / 4955996 / 4956039 / 4922127（传真）
天猫官网　https://sxrmcbs.tmall.com
电　　话　0351- 4922159
E- mail　scb@sxjjcb.com（发行部）　zbs@sxjjcb.com（总编室）

经 销 者　**山西出版传媒集团 · 山西人民出版社**
承 印 者　山西基因包装印刷科技股份有限公司

开　　本　880mm × 1194mm　1/32
印　　张　8.375
字　　数　200 千字
版　　次　2024 年 7 月　第 1 版
印　　次　2024 年 7 月　第 1 版
书　　号　ISBN　978- 7- 203- 13368- 1
定　　价　86.00 元

如有印装质量问题请与本社联系调换

目录

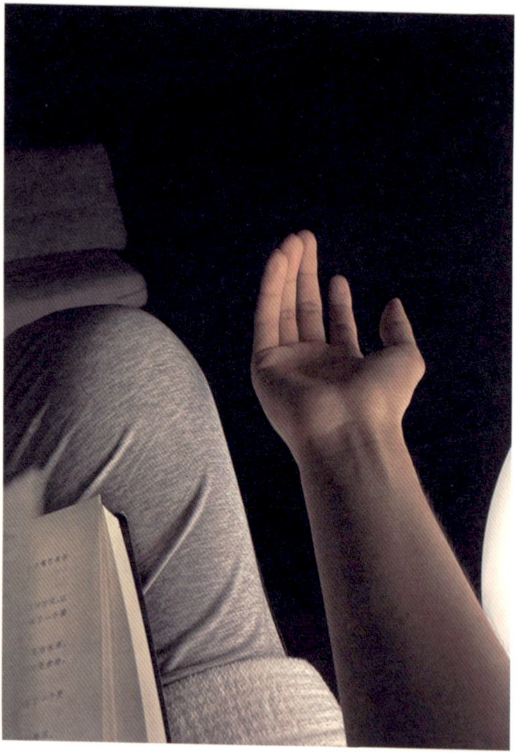

职业家系列

雕塑家

Sculptor

我的“雕塑家”，他对于自己的作品一定是有感情的，
纯真的感情。比如爱。
爱自己创作作品的过程。把自己的每一个作品中都分出自己的一部分，越分越多。是的，他一定爱自己的作品，然而不一定爱那个被雕出的人物。
这个我很久之前就和朋友聊过：

一个成熟的艺术家，一定要懂得和自己的作品划分界限。我的确是我的作品的创作者，但是我完全不能够代表我的作品。同理，被雕出的人物不一定和创作者是“父子”关系，也完全可以是朋友、恋人，以及反过来的“子父”关系。
完　　全　　自　　由。

我作为文字的所谓“创作者”，对于雕塑家的羡慕来自触摸。我太羡慕那样地触摸自己的作品的感觉了，仿佛触摸着自己的灵魂，不时连带着骨子里战栗的，可谓情欲的最高境界。

如果我的文字可以立体出来，摸起来是怎么样的呢？是光滑如切面吗？是粗糙如刚像被锯子拉开的树木？还是粘稠的、拉扯着所有接触到手指的感觉呢？
一个雕塑，是由四个元素组成的。
分别是：

被雕塑“者”（或者物）、雕塑的时间与它的附带、雕塑作品的姿态、观赏者的联想。

雕塑家对雕塑出的人物不一定有爱怜，虽然是创作者，但是，作品与创作者仍然有相互独立性。用集合与结果来分清雕塑家的爱和作品的爱。

调香师

Perfumer

对于我的调香师来说，他一定有一个敏感的鼻子和一颗灵敏的心。
把自己当成调香师，倒不如把自己当成锁匠，他一定会这样对我说。

把所有的场景和味道锁好，你就能成为一名优秀的调香师。

他一定雍容华贵吗？不一定。我反而更爱看他落魄，一个落魄的调香师是我所爱至极。

把味道和场景锁好，每次闻到相同的味道就要把那一个场景完全还原在眼前。让每一份味道承载每一个场景。他一定爱自己的每一份珍藏的场景，一定的，像一个国王数清自己王冠上每一颗宝石，像诗人光荣地倒背自己的每一首诗，像守财奴和自己的宝藏。

他怎样去谋生呢？

我不清楚也不明了。出售最低级的产品吧，大概？因为他完全舍不得自己更珍贵的记忆。他像一个落魄的贵妇，死死地用破旧的衣裳去护住自己每一个女孩，不舍得让“她们”许配给低端的价格。

但这完全不够，完全入不敷出。他饥饿至极，不是身体上，他的技艺绝对能让他满足口腹之欲，是他精神的饥饿，他已经没有更多的场景来让他记录香味了。

他迷恋香味，这个时候一定像有了戒断反应的病人一样，哭号。他就像饥饿的孩子看到满满一桌饭，无法自已地去拿到一瓶香水，狠狠地饮尽、嗅尽。然后恢复理智后抱着空瓶子号啕大哭。狠狠地抽打自己，像疯子，像苦修士。

等他最终不再爱我的时候，他一定会绝望，一定会寻死
他一定会去把香柜上面的瓶子一并打碎，香气生起，蒸腾
他最终在香气里面再次活过来，像春天的少女，像一朵花绚烂地盛开
他会嗅着香气，骄傲地赴死
就像一朵花的转落，一丝不苟，不做停留
来分清调香师的爱和我的爱

钟表师

Watchmaker

垂下眼眸，黯然地看着自己的店铺，那是我的钟表师。

但是看到有人进店，立刻跳脱出自己的精神世界，眼眸变得冷冰冰，那是我的钟表师。他一定不会有任何的叫卖，来是时间赐予的，走也是，他只会甘之如饴。

夜里，黄昏，反正店门即将关上的时候，他摘下一层厚厚的眼镜。只有这个时候他的眼睛才得以被看见。

眼睛忽明忽暗，像是时针和分针打在玻璃上
周期让所有眼睛在绕着燕廓转
在巨大的漩涡里盘旋，轻易地再也出不来
时针敲打天际的太阳，催促并最终把它打下山崖

夜里，他的心跳与秒针同步，一打一顿，这也是黑夜的心跳
眼睛被打得血淋淋。

他一定也是一个极好的裁缝，用剪刀，量尺，纺锤
在名为时间的布料上，上下摸索
拿起剪刀，轻轻一握
时间就被裁出一个光滑的切口
这时他的眼睛一定是迷离的，陶醉的
伸出手摸那切口

这一过程中，他重复，陶醉，具象化为他的手
这时，时间加速，他的陶醉也随之加速。

光滑的切口也终于向下被侵蚀，下垫面性质被改变
时间膨胀后冷缩，连带着他的眼眸一并冷却，只有时间的烙铁能够烤化他的眼波。当他最终决定关门的时候，他一定有一种绝望的冷漠。逐渐有一圈又一圈的骨架把他包围起来

“走吧”，他一定会说。无视一块又一块变成燃烧着的铁烙的表、时钟
“爱我，就请以时钟将我紧锁捕捉”，他一定会这样说
来分清钟表师的爱和我的爱

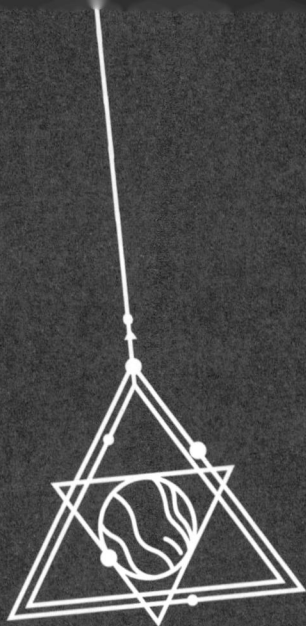

造梦师

Dream Maker

门铃响，那就说明是来人了，她就抬眸
门铃没响，她就垂眸
那是我的造梦师

造梦师，顾名思义，是促成客户想要的梦的职业
其他的造梦师只能根据弗洛伊德的原理制造促成梦的相关条件
其他的完全是概率问题
但是她不一样，每一次，客人要什么梦，就能出现什么梦
不同的梦有不同的价位，因为“难度不同”
所有同行都无法打败她，更无法仿制和偷学她
这是我的造梦师

她肤色偏棕，有着增加人安心感的卷发
和三个鼻环，未参加过任何大型劳动，
却手上粗糙。

人们在进屋之前，都要喝下她调制的“助梦酒”
酒除了后调微涩以外，一切都好，饮下酒后才能进屋
这是规矩

每次客户进来，看到的都是一个蔚蓝的世界
有的客人能认出空气里面的蓝色水母
有的客人能认出里面匍匐着的孟加拉虎王泰
有的客人能认出里面的牙买加致幻巨蟒
有的……可能只是柔顺的蓝角麋鹿
我的造梦师说，每个人所能看见的不一样，但是
在第一次见到之后就无法改变了
之后，客人就会被要求躺在灰色的沙发上，
闭上眼睛，嗅她沉甸甸又软绵绵的声音
她的声音似酒，先是浅浅地打上一层膜
然后“咕”地一声猛一大口，尽数入喉
这个时候，客人们才能进入无垠的梦乡，
没有一点突兀
驾驭这样的能力的者，是我的造梦师
她也是守秘者，这是合理的
她的“秘密业务”，是她的第三条命

梦的第一个本质，天文性。

因此我的造梦师也是天文家，这也是合理的
我的天文家每天在闭店以后，会拿着星图
登上房顶
无声地一个一个细数，是最富裕的人呢
我的造梦师懂得每一颗星星的由来和轨迹
那里是她的梦源
“如果你以阿波罗的声音呼唤我，我就来找你”
她对着天空中的星星说
从来没有回应，即使她的声音从来没有缺席
远方的星海传来鼓点时，她入睡
我的天文家一定会说
“闪在外的星星是世界里面被记忆的人
闪在内的星星是每人内心所保留的记忆
闪在外的星星是我的肉，闪在内的星星是我的骨
哪一个都不能暗淡
我会'举起'我所有的知识和头脑，为我的星星而战。”

梦的第二个本质，预言性。

因此我的造梦师也是预言家，这是合理的
预言对于我的预言家来讲，一定不是什么虚无缥缈的神秘学领域
而一定是一个复杂而又严谨的学问
头戴酒红色卷发而身穿花波点连衣裙的，是我的预言家
她会说："每个梦泡泡的戳破，都会释放出一个预言加三重迷幻
分别是怨、新的梦和爱，代价是酸性的悲伤。"
没有把握的预言她从来不做
只会说自己是一个无用的造梦师而非预言家
这也是她最厌倦的身份，因为她厌倦见证了无数次的平凡而又渺小
的人在命运的大海上无数次触礁、搁浅，挣扎又无力地被吞没
她只给三种人做预言：
一是无法以造梦师的身份来阻挡的求梦者
二是寻找失散至亲而又因此饱受无意义煎熬的人
三是痛失所亲而又不忍死去的躯壳
别的，她一律不做
是因为，梦所具有的连锁反应
"以梦连接的预言，某种意义上要消耗已有的梦
这样的预言，不如说是被消耗的那个的遗言
用一句虚无缥缈的遗言，来捕捉可能性的远方的幻梦
就像是将自己的心箭射向一堆无法看清的迷雾里面。"
她不敢做任何预言，她喜欢造梦师的职业
一切都在她的职业下藏得安宁又静谧

梦的第三个本质，秘密性。

作证，审判，辗转
最终，决定了她最后的命运
梦的最终结局是要醒的，她惆怅地想着
所以她赶在开始之前，自己把店铺点燃成一团紫色的火
外面的火在烧，她身体里面的火也在烧
最后的最后，屋顶被摘掉，动物全部出逃
哪里有什么助梦酒，那不过是她随手酿的莫吉托
好喝是好喝，要是说有什么实质性的效果，那就是说笑了
所见即所是
那一夜，新英格兰到西伯利亚一带的人都戴上了蓝色的梦
她烧干了自己所有的记忆，在最后的最后
她身上的梦一层一层剥落
直到最后，一个记忆触发：她只有一个记忆
于是她便成了一个小女孩，这是合理的
“爸爸，走吧”，她一定眼眸星蓝，瞳孔如海
这样纯真地离去的，是我的造梦师
也只能是我的造梦师
来分清造梦师的爱和我的爱

园艺师

Horticulture

浅浅地，太阳从黑夜无边无际的碾压式打击中缓了一口气
浅浅地，它预告了即将到来的眼眸
金色的眼眸，穿过浓浓的雾
整个世界天地瞬间了然
在那眼睛的瞳孔里，是神的花园
能给神的花园掌舵的，是我的园艺师

园艺师，horticulture，西方的园艺师，亦是东方的园林师

我的园艺师皮肤黝黑，这个时候已经很难识别出其性别
姑且叫“她”罢
她这个时候恰巧，也许等待已久？抬起手摘住瞳
喂给下面的花草、植株
坚硬的晶体瞬间落地，柔化成水，成潭
成裹住那些植株的波
成波，又不带一丝的沫
瞬息间，她的眼眶里更多的波涌出，在她干涸的眼睑又晶化
微风吹过，花草摇曳，她脚下内圈的草木接上外圈的稻谷，
绿色的波从她的脚下晕开
她乐此不疲，又摘，动作永恒重复

她通过诸如这般的动作强化了她好似母亲的人格
而她确实做到了
母亲是最普遍化的人格（而非神格而非父亲）
母亲是可以单独作为人格出现、是独立的

“母亲”，双唇缩小、紧闭，再轻轻把舌尖推出
唇被推出的气流荡开，两个神秘的词语
就完成了这份古老的契约——
关于爱的朴素的、土地性的召唤
母亲和土地怎么能剥离开呢
她强化自己的人格，但不超过自己作为母亲的本身
因此，她被普遍化，这是合理的
普遍化的她，从而无法被寻觅
她就这样藏住了她的这份花国
她是不超过园艺本身的

太阳在地平线上的时候，她就得非常用力地去克制自己
把它摘下来的欲望
摘下来，尽数喂给她嗷嗷待哺的绿色皮肤的孩子们
她等待它生长到最繁盛的阶段，再去捋一捋、像采摘一包巨大的蓬松面包
似的把太阳摘到篮内
这个时候太阳又重新生长，又变成夕阳
她背着夕阳，面容上挂满了棕色的微笑，抱着大篮的太阳
如此的样子刻在花国的坐标里，不信你看——

太阳，大地，母亲，母亲，母亲，母亲，母亲，
母亲母亲母亲母亲母亲母亲——园艺师

当然，这样的状态存在客观问题，很明显
正如太阳之于碳，如果归根结底
母亲的存在无法逃避终将追溯上的性，而性，是情潮来的
情潮亦是潮，而正是月亮来引潮，引来波浪的摇曳，波堆成潮
但这也还好，母亲，月亮，大地，三者总是能找到薄弱的交集
母亲 = 大地 + 月亮

这都是说得过去的，她也能如此维持
然而因为她的花国，她的母亲的围裙下长满了“生长”的蕾边
毋庸置疑，“生长”怎么能够和“太阳”脱钩？
在母亲的概念里引入太阳，这和月亮的交集，事实上来说，交集为〇

日积月累，终而复始，作为母亲的两大支柱之一的月亮
终于被消磨殆尽，气鼓鼓地走了
我的园艺师，天崩地裂

当然，没有天崩地裂，绝对没有
理由简单，源于母亲的另一个性质——给予
她就这样将自己的母亲给予了几乎崩裂的花国
花国的天是她，花国的地是她
但是这样也存在一个问题，这个地方是她作为母亲创造的
换言之，这是她作为母亲的客体，亦是她的孩子
怎么可能又是孩子又是妈妈？
这是不符合“逻辑”的，这“逻辑”发了疯
第一个攻击的对象就是她

我的园艺师，几乎变成
血淋淋的肉片

但是她高兴啊，虽然她不再是母亲
但这从来不影响她作为母亲
她的孩子们有“水”喝了，她怎么能不高兴
她的高兴，是合理的
但是她，就要被撕成碎片了啊
“我是我永远的肥料”，她一定会这么说
她作为园丁而非母亲，一定会最后一次放眼这片广阔的原野
好一派“我”啊！她一定会这么想

夕阳因为久时未被修剪
长得毛茬茬的，散出绒绒的光
她金黄色的衣服与几步外的稻田相呼应
蓝色的粗线吊带也许来自金蓝色的天空吧
红色的血仅仅渗着红黄蓝三色
这是美术的三原色
这花国，仿佛是梵高创作
她久久地凝望着这里
不敢打扰伤痛，时间到了，会自动走开
她的身影，深深地刻在了这一份天地
久久，她动，我的园艺师很快就消散干净
刹那间
万国花开
“生命久如暗室，不妨碍我明写春诗”
我的园艺师一定如此说
“春花开如国”，我的园丁师，她的园丁
是花的永恒的国度，那里
太阳都只敢偷偷升起
满满一国的花
尽是压抑不住的春的回应
来分清园艺师的爱和我的爱

空想师

Visionary

其实，人人都是空想师，我的空想师也没什么特别的，除了两个能力：他能够在夜晚里带走空想，他能够在夜晚的触角之外空想。

我的空想师一定不喜欢，发自内心的不喜欢空想，尤其是当他在夜晚之外游离的时候，他一定更喜欢这个名字：畅想，他喜欢念出这个词的样子。舌尖顶上鄂，嘴巴轻轻拨开；细细地吐气，大大唱开气，像极了自己在随念随想的样子。他的随想一定是有条件的，他要摇着头说出一些肯定的话，这是他最想要的，最正义的畅想。

空想的第一个本质，旁观性。

空想师一定不是什么贪婪的富翁，肚子高挺，钱袋鼓鼓，双眼远低于双手，双手不断地向前伸。

相反，我的空想师一定是一个吃白面馒头的人，他一定身着高雅的麻袍，头上缠了一层又一层的麻白头巾，双手疤痕累累，仿佛世界上最苦难的苦修士。唯有如此，他才能够创造出空想，而非一切迈达斯式的可恶的黄灿灿黏稠稠的妄想。是的，空想绝对不是妄想，地位就不同。一个是画家与画布、钢琴与琴师，一个是信徒般在地上央求。只有最能够达到这一点的人啊，才能够空想出能代替纯白的东西，他能够幻想出无暗，他才能够成为空想师，我的空想师。

我的空想师一定极喜欢草原。他空想出来的草原，在那里，他是刚刚从丛林里面逃出来的坚贞的教徒，他是一朵移动的“乌乐”，是贤者皇帝，向他的子民们赋予踏空的权利。最强大的武器易主，马厩随即被荒废，但马匹并未荒废，它们高高兴兴甩开马镫和马鞍，瞧啊——甚至马蹄铁，它们一一甩掉，就像甩掉一片微不足道的历史，就像只是轻轻掸掉了自己千年的“奴隶史”，仿佛掸掉一颗趴在脸上的小虫。它们站起来了，瞧啊，我的空想家高兴地说，它们开始自由恋爱了。果不其然，恋爱风靡草原，就像当年马镫的风靡一样。一切在向前走，我的空想师在向后，他一定会乖乖没入夜幕——此二者唯一的牵手和亲时刻，然后再空想另一个一模一样的世界重新开始。而这边的世界，他再不去过问。我的空想师，一定会完璧归赵。

空想的第二个本质，可控性。

空想一定不是一些对于无法控制的片段的被动接受，即使它们最终能够如约实现，那也并非空想，仅仅是低级的魔术罢了。即使空想所无法避免的媒介是梦，那这梦他也一定要做得清醒。为着这个目的，他一定要逃离夜晚，那黏黏稠稠的夜晚，那站满了不断为了自己黏黏稠稠的欲望而做着祈祷和渴求而聆听的人们，那些着黑袍的苦修士和牧羊人。这太明显了：黑夜里伸手不见五指，时不时会有肮脏的欲望连同黝黑的骑士横冲直撞，这种情况下谁还有心情做梦？而且他会不时撞上星星，这些亮光的石子儿，但他只觉得硌。因此他要逃离黑夜，这个堕落的源泉，像抿得紧紧的嘴巴。因为厌恶黑夜，他甚至连白天也讨厌起来了，理由很简单：它没有及时出现在最黑的时候，他认为对于他这样的爱慕者来说，此乃抛弃。因此，他偷偷买了三百七十箱蜡笔。而相对于这种浑浊的梦，也有更为清醒的梦。诗歌与歌唱，是清醒地做梦。于是他想好了，武器与战略已定。

空想的第三个本质，荒诞性。

一切空想并非计划，因此几乎不得不与现实相左。越荒唐的空想，越能获得更好的反馈，空想师的设想也更加得心应手。他想起对于太阳的浓浓的恨，于是他密谋已久，幻想偷窃太阳，花了八十九天画出一个属于他自己的太阳。在它的照耀下一切就像那三百七十箱蜡笔一样，“红的更红，黄的更黄，白的更白，油画般叠加”，这是合理的。不，这不是合理的，他自己想到。于是他又空想出来一个完整的世界，逃逸。就连这逃逸本身都是荒诞的。荒诞，也包括对低级的伪装者的贬斥。荒诞是门高深的学问。比如一些没有个性的滥用博尔赫斯的下流诗人，仿佛在炸弹上盖上了绿色无公害的印章。那些诗人出售博尔赫斯，把博尔赫斯绑在玫瑰和空荡荡的酒杯里。更有甚者，认为博尔赫斯属于深夜，这是荒谬的，我的空想师一定会这么认为。只有他知道，博尔赫斯不属于山谷、星空和舒伯特（那个喜欢狡黠地眨眼的家伙），他属于草原、野马和草野姑娘。但是他也无法拯救那可怜的伙计：他并不能够空想博尔赫斯从墓园里站起来，穿着黑色的燕尾服去拿拐杖戳那些后辈们的屁股。那是赫尔墨斯，而非博尔赫斯。赫尔墨斯是严肃的，他并不能够空想严肃的事情。因此连带这一切都不能够发生。他无法阻止荒谬的发生，因为它不够荒谬，这件事本身就是荒谬的。其实，这是合理的逻辑，这左右为难的主角。

这个世界还不够荒谬，这个想法在偶然的一天爬上他的心头，便如长满了野草一般，如同不可控的黑洞一样吞噬了他所有空想的兴趣。他很快失去了他最爱吃的白面馒头和食量，生命几乎要无法继续。他无法接受的并非是生命的结束，而是荒诞与空想的终结。于是他空想出来一个朝代，幻想出来一个或一群人，创造、记录、收集，成书《山海经》。书中记录泰西之西，记录扶桑之东。他创造完所有这些，只剩最后一点点力气。他一口气跳入归墟，那里吞噬一切。然而他自杀在坠落之前，于是归墟一口吞下他的逝去，不满地把他吐了出来。然而这并非偶然，他深晓这其中的道理：无穷大往左无穷无尽，往右无穷无尽。然而上下颠倒，便是无穷小。否则亦然。他便用后者。死去以后，他的理论如约出名。所有冒险家癫狂，比赛谁第一个目睹太阳的升起和下沉。然而所有人死在半路，无一得返。人们前仆后继的争吵，到底是向东还是向西。战争与瘟疫也前仆后继，所有人为了永远到达不了的地方牺牲。人类最终建成祭坛，献祭妈妈爸爸和自己的后代甚至自己，只求得解。最终我的空想师吃得肚子高挺，揭晓答案：泰西之西即抵扶桑，扶桑之东比邻泰西。最后的人听到答案，安心地去赴死了——这不是他想要的。他想要的是质疑，是反问，甚至微小的哭泣都能让他满足。然而他得到的是安心。
这不荒谬。

他现在肚子挺挺，双手前伸。

以上就是空想的所有本质。它们挨个出现，并最终首尾咬合，构成唯一的空想。故事里的白蛇首尾相咬，转动，永生不停。但故事只是空想出来的，空想不可能永恒存在。他不想再继续荒谬下去了，即使他以此为生，仿佛一个吃了太多的人得了厌食症。
于是我们一定会来到空想的回归性，即旁观性的蜕变，观众归来。

最终他来到原野的时候，他已经骨瘦如柴。脱下了那些本就不属于他的成堆的荒谬，他又回到了他素朴的穿搭——高雅的麻袍，头上缠了一带又一带的麻白头巾，双手疤痕累累，仿佛世界上最苦难的苦修士——他像，因为他现在骨瘦如柴。
走在荒野里，夜幕降临。让你的宿敌来带走你最后的呼吸，就是他最好的鞭笞。而他是苦修士，这莫大的鞭笞，就是他最好的终了。

他求得最痛苦的死法，已达到最好的结局。荒谬吗？不荒谬。

夜晚终究快他一步，在他走到原野的中心拿走了大地的统治权之前。这个时候他也终于站定了，在黑褐色的夜里轻轻地叹气，所有的曾经鱼贯而出，降次排序——身为天平的他，身为作家的他，执针线织梦的他，操控着荒谬的他，在别人梦里漠然地清醒的他，盼着别人入睡的他……以及所有其他困在身体里的空想。他的心灵泄气，灵魂走火。在这个时候他才恍然大悟——他从来就并非全知全能，他只是一条同样混沌的触手。
这个时候，夜晚也变得同样没有那么令人厌恶了，而更像一个同类，一个本家，一个棋友，只不过，他要执无子了。黑夜仿佛也意识到这一点，不再粘稠，不再厚重，侧过身子让风进入原野，把大地吹成山谷，带来遥远的海洋。这时的夜晚，是独属于我的空想师的骆驼，但是他已然没有力气再去逗弄了。
远远地，他能自然地看到星星，看到它同样变得令人热泪盈眶。星星不再是遥远的概念，不是发光的石子儿，而是一颗颗孤寂的陨石的回归，赶来悼念。
我的空想师缓缓地张开手臂，算不上拥抱，但迎接绰绰有余。原野，草野，幸好他能选择，一切远离黑夜——他属于群星。
最后的最后，我的空想家在一片原野的中心，回到了观众，立在原地，褪去身体，变成一只笔。
来分清空想师的爱和我的爱。

奕空间

ZEBRA

反思性的文字

篇一

多年以后，孙权如愿踏上了那座坛。那天风景甚好，正值爽秋，偶尔有几朵闲云飘过，伴着微风几许。与天上的悠闲相反的是地上诸人的忙碌与奔波。迎面而来的风让孙权不得不眯上眼睛，从那一个缝隙中打量着这个他梦寐以求的场所。祭天台根据他的要求建得甚是宏伟，两边的石柱已有合抱粗，中间夹着通向天边般的阶梯。望着象征自己一生所有努力的成果，他却在心中生出了几分迷茫，由这迷茫延伸而来的是莫名的烦躁。烦躁什么，他自己也不知道，也想不通。这是他在无数个梦里演练好的场景，更是将近 30 年的努力的成果，哪儿来的这些情绪？思来想去，越想越烦，刚好身旁的侍者正在给他整理衣褶，他便借着怒气大手一挥，将衣袖全部从侍者的手中抽出来。侍者以肉眼可见的幅度哆嗦了一下，双腿一软跌在了地上，半晌又赶忙从地上爬起，改为跪式，头深深埋在地上，只恨地太高，不能将头来个 360 度旋转。孙权看着有些好笑，看来自己在大大小小的战争里的积威还没有被时光消磨殆尽，随即便对着侍者挥了挥手，示意他退下，侍者这才如获新生般地退下，在心中把自己祖上所有叫得上名字的祖宗挨个谢了个遍。有了这个小插曲，孙权也把心思从烦恼中抽了出来，重新将目光投回，等待着那第一声钟响起。没等一会儿，便听得不远处有金石之声传来，这一声敲得孙权清醒了，眼里的欲火勉强地燃了起来，他向前一步，双手各抓一边的衣摆，向后猛地一甩，一身的绛紫无枝绸缎袍顺着风向后摆去，滚起几道波澜。他的手回收时，手边刚好刮到了腰间别的天子剑，玄铁所打造的剑鞘似冰凝出来似的，寒气顺着手背爬上了孙权的心头上，身子在极力克制的情况下仍极其细微地打了一个激灵，眼中恢复了平静，又变成一潭碧水，仿佛变回了那个在赤壁之前那个在众多降曹派面前拔刀断案，说出“再言降曹者，有如此案”之言时的那个青年，那时他的双眸也如现在这般一样，生不起一丝一毫的涟漪。登台的过程很轻松，毕竟他孙权再怎么说也是戎马半生了，这点体力还是有的。一步步向上踏去，风也渐渐地变大。他每一步都很专注，没有让他的衣襟和青有一丝丝接触的可能性。路途至半时，风已经达到可以将他那铜绿色的锦带上别着的玉块和腰上的其他装饰碰出他能够听到的更好的声音了。看着那块蓝田玉，他莫名想到了那晚的大哥。忆想大哥，在那晚的灯火影绰前，捧着的也是一样的玉，只不过那次是玉玺。那一晚灯火通明，孙策侧身立在灯烛前，火光将他半个脸照得光亮，摇曳的火焰深深地印在了他的眼中。他手不断地抚着玺上的龙头，不想放过任何一个细节，贪婪地注视着，夺取着，摇曳着。突然他狠狠地摆了摆头，把唇咬成紫色。在孙权快要睡着时，听到大哥喃喃说：“阿大的仇还没有报，我还没有根据地，不可过于贪婪。”顿了顿，转向孙权说“仲谋，你去给袁将军的使者说，让他准备和我换玉玺罢。”多年过去，孙权还记得大哥转头跟他说这话时眼底的愤恨和不甘。大哥啊，仲谋现在可是如了你的愿罢，他暗暗叹了口气。现在天下大势基本定型，自己在合肥难以取得进展，但起码也是保定魏军不会南下。蜀汉一时间也难以对扬州造成太大的威胁，自己也算是一帝了。现在再想想当年那些嘲笑自己为碧眼小儿的人，嘲笑自己少年无力的人，仲谋请教一下，冢上之木合抱乎？他笑了起来，笑得有些不像他。也许后世会写他小人得志，在祭天大典时得意而笑，怎知他这笑，嘴角挑起的是多少的无奈和孤寂！他突然想要将这份感想分享，作为一个人向自己的知音的分享。驻足停留，他低头沉吟，像一个刚刚得到了两颗糖的童子，想着和自己的哪个朋友分享。片刻，他就想到了那个青年，青衣飘飘，谈吐风雅，两道远山眉说话时一跳一跳，身着蓝色的交领袍也一跳一跳的人。他向台下望去，寻找那个人的身影，没找到。为什么没找到？这个人难道在大典之日缺席？他茫然地向身旁人问到“仲谋的……朕的子敬呢？”他现在已经顾不上称呼的问题了。众人相顾，交换了一下眼神，无言。孙权看着这些人的小动作，就知道他们了然情况，一种被戏弄的感觉油然而生。他拽住一个离他最近的人的衣领，怒吼道：“尔等敢欺君？说！朕的子敬呢？”被他抓住的人本来就害怕，现在被抓着衣服拎了起来，吓得几乎瘫了，脸憋的通紫，一个劲儿地摇头。两旁人里有个人胆子大，哆哆嗦嗦地说：“陛……陛下，鲁都督已经病逝，陛下节……节哀啊……”孙权听着一愣，嘴巴自然张开“啊”了一声，似乎是不敢相信自己才堪堪一登台的工夫，这么大一个人就没了。一松劲，也顾不上手里的人了，那个人便瘫坐在地上，大口大口地喘着气。孙权环顾了一下四周，又仿佛不甘似地又再次看了一眼台下，还是没有。他这才愿意想起来那一切，那病，那药，那血，那眸，那白，那冢。他现在很愿意挤出两滴眼泪来，但他又不是那大耳贼，多年的政治生涯早已让他忘记了何为眼泪二字。他很想嚎，想啸，也许完结一切就都会好的。可坐在堂上这么多年，他已经不会做这些下俗之事了。他现在很想不顾一切，冲下台去，去到子敬的坟前，给他定下可以处死的欺君罪。孙权很想回到那个下午，他领着一众将士在江边，迎着回来的子敬，问他：“孤下马相迎，足显公否？”然后再看着那个人执鞭笑而应曰：“没有。”“那卿之所期为何？”“子敬想着将军您有一日能够局改为，荡四海。待那时，再由您迎肃，才显肃有着分量。”

然后二人相视而大笑，举杯与他共醉人间三千场。孙权很想和他相诉道："朕现在虽无荡六合之功，但也是称霸一方的帝王。"现在车已备，可再也接不到鲁子敬了。他在心里将这些场面想象了一万遍，却也不能在现实做出来半场。孙权很想只成为一个孙权，而不是一个吴王、江东世家掌控者、与江东将士命运一体的孙权。前者可以肆无忌惮的做着他所想象的所有事情，但后者不行。他的命不光是他的，更是他妻子的，更是他宗族的，是百姓的，也是江东的。作为拥有这一切身份的人，他只能化身为一个冷血君王，一台机器。而一台机器，是不能够拥有感情的。举头望江，目光寻找着波涛里的种种，罢，转头望向台下，沉声道："诸位可曾知，鲁子敬早就想到朕有今天啊！"想了想，又补上一句"子敬真乃明与事理之人！"言罢，不再看着台下之人，转头继续登坛。走的时候，莫名感觉头有些酸痛，又站住正了正玉冠。这玉冠，可真重……

篇二

没有悲剧的主角，就没有戏剧性。在我们面对未来的悲剧之前，所要做的并非去疑惑和不安，至少那不是一个非动漫的戏剧的主角该做的事。我们该做的，便是去享受，疯狂地享受，旁人无法理解的疯狂地享受，否则我们每一刻就都在悲剧的谷底。

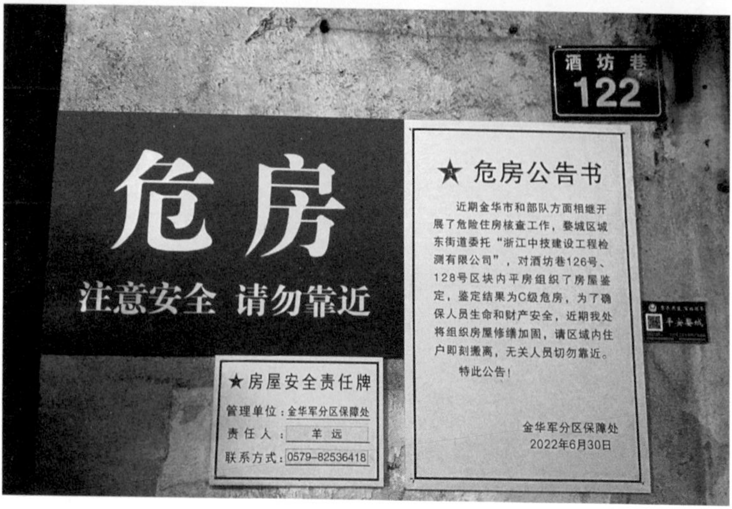
酒坊巷
122
危房
注意安全 请勿靠近
★房屋安全责任牌
管理单位：金华军分区保障处
责任人：羊远
联系方式：0579-82536418
★危房公告书
近期金华市和部队方面相继开展了危险住房核查工作，婺城区城东街道委托“浙江中技建设工程检测有限公司”，对酒坊巷126号、128号区块内平房组织了房屋鉴定，鉴定结果为C级危房，为了确保人员生命和财产安全，近期我处将组织房屋修缮加固，请区域内住户即刻搬离，无关人员切勿靠近。
特此公告！
金华军分区保障处
2022年6月30日

光合
製造

篇

三

他盯着那红灯出神。也难得清闲，此时何故不能给自己放个小假？让大脑掌舵吧，去自由的地方。他眯着眼睛看那红灯，红灯，红灯，红灯……他努力使大脑的每处都回响着这一个词汇，自己则于一旁如看戏一般地看待哪一处知识会率先对这个词汇作出反应。红灯……红，光学三原色之一，心理学四元素之一，有真诚和挑战的象征意义，历史上名字带有红的运动有……因为这些运动而改名的地区和城市有……放任了自己的想象力和联想力双双摒弃了一切世俗的眼光，领着自己在空想的世界里裸露着撒野奔跑，将自己的精神撒满整片田埂。在这片天地中，不存在一个名为时间的衡量单位，自然在时间刻度的消失之下，他完全处于一个独立的状态。

篇四

他的眼里只充斥着绝望，只能充斥着绝望，像是已经想不起来不这样是什么样子和时候了。就像一个全黑的世界，有光出现在这里反而显得不合逻辑。他并没有怎么挣扎，连嘴也懒得张开了。在经历了这么多苦难以后，在不知道世间还有什么他没有拥有的苦难以后，他本身便成了苦难的代名词，他本身便成了苦难的一个符号。附近的人们甚至在形容痛苦的时候已然放弃了使用别的词，因为他们找到了更有效且更形象的词：如 xxx 一样。在这种情况下，为了表达痛苦而存在的哀嚎显得没有必要。他就是痛苦，他的存在已然便是表达。

3

篇五

我一面佯装平静，一面想把情书揣到兜里。然而不凑巧，我喜欢的围裙上下没有一个兜，所以就塞给你了。

思维像是一个封闭的管道，里面是一些事实。我们现在要去拿里面的东西时，就得去穿过那个管道口上面的膜，便是情绪，带出来的东西，都会沾染上情绪。

LOVE
LOVE

篇七

我的头上寄宿着一抹新来的云彩，蹂躏着我的头发，让其忽上忽下，时而散开，他便在里面嬉戏玩闹着，互补于我的闷声。他吸走了我的快乐，我的前进，我的欲望，我的悲伤。越吸越多，我亦不困倦，也不大想动弹，吸走了我的生活的意义，变得如一个冠一样，金灿灿的，让我感觉好像戴着这么一个小家伙便是意义本身了。

篇八

纤细的手指轻轻从棋盒中衔了一颗白子，移到了棋盘之上，向上一扬，再往下一落，放到了黑棋的正中心。一声轻笑从手后方传了过来，少年眉目带笑，把手收了回来，停在了自己的白衣带之上。对面的中年人眉头紧锁，手中的黑子迟迟没有新的动静。少年也不急，身子坐正了，垂下了眼眸，笑待对方的下一步。中年人啧了一声，半晌才把黑子落了下去。少年睁开了眼，又从棋盒之中拿出了一颗白棋，用另一只空出的手挽住了衣袖的下摆，把棋子敲在了另一处挖断处。全局的白棋连在了一起。中年人一泄气，站了起来，说："去去去，不跟你下了，就知道欺负你大伯。"少年笑了起来，眉角弯了几道，露出来皎齿几颗，像极了那白棋，也跟着起身，拱手做了一长揖，道："这还不是伯父教导有方。"中年人被挠到了心里的痒痒处，笑骂道："就你会说。去去去，送客送客。"少年再做了一长揖，起身，抱起了一旁立着的琴，推开了木门。外面下着桃花，霏霏而下。少年不似之前在门里那么拘束，仰头一边吟着诗一边走去了。"草堂春睡足，窗外日迟迟。"

篇九

河东左邑人，裴为其姓，凰为其名。

这个地方其实不这么叫很久了，只是他喜欢在自鉴或者赴宴时加这么一个前缀，自诩有“古之风范”。

本来家里人还想给他起个小字，起了个“款亭”，说是什么要压一下他名字里的傲气。不过好在这事完结没多久他家里一个亲戚犯事，私藏了甲胄，被告了官。结果他那迂腐的宗族长还放言说我们这里都是犯了事的，求大人把我们都擒了吧。简直是逼宫。

但是他们千算万算没有算到当时上面空降了个新官，正愁着不知道该往哪里去立威，闻之大喜，连夜算三天，把他家里面给尽数抄办、流放了。不过好在那个新官觉得毕竟不能做得太狠，留下了家里财产的十之二三，分给了当时年龄太小且属于庶支的没有跟着大人一起流放的孩子们，够让他们好吃懒做一辈子了。其中就有裴凰。

这下好了，束着凤凰的锁链已断，飞于彼之高冈。

这才由着他现在能这样的潇洒。

在河畔，笑得放荡，但是看不出来太多的不羁的意思来。

到底还是书院里走出来的，那些夫子和之乎者也多的不说，改变一个人的形态还是绰绰有余的。这个是无论怎么遗忘都无法忘却的改变，在改变的原初处已然成了结果。

所以他恨自己，恨得入骨，不断地给自己喂酒也未尝没有赎罪的意思，给自己灵魂上一鞭又一鞭。

最好不过，就是哪天喝高了在悬崖边缘上为鹤，那鹤看了眼浊世，独脚立着抿了抿羽毛便下去了，清魄做翼，天地为棺，共我入眠。

然而一直没成了。

他彻底低估了自己的生命的顽强程度。鞭子打过来他便把鞭子用手腕绞上，还要把那鞭子用嘴咬住，一甩头便拉过来那鞭策之人，把对方拢入怀里塞给他酒喝，喝完一并共赴明明。

他每次喝上这一壶酒，便抑制不住自己渴望下一壶的欲望。这一壶接一壶，时间便趁着这机会偷了懒，草率的过去便完事，酒醒却是翌日近午了。他只得再去买一壶酒来，周而复始。

时间一长，他也索性放开了，觉得就先这么活着看看，于是生疏了的笔也拿起来了，剑也拾起来了。倒是被他玩出来了新境界，拿着剑蘸墨，在石头上边刻边写，祸害了这片山林里的一半左右的石头，剩下的听到他的名字就提前一个晚上躲到地底下去了。怕是折腾也没有这么折腾的。

有的时候醉得彻底还会去舞剑，他的记忆里舞出来的实在不知道是什么，都是一个又一个的碎片。他就索性把那些碎片连起来，晚上的时候给自己编成一个荒诞不经的故事哄自己入眠。

后来他在自己舞剑的地方喝酒，突然有一道坠物的风，他仰手一接，却是酒一壶。他以为自己的剑法已经感天动地了，连天帝帝俊鉴之都认为自己不该无故受这么大的恩泽，故赏了自己一壶。他起身谢了天帝，于是每日无事了都会来这里舞剑。自己还写了不少诗文记载这事，感慨天帝与自己的共鸣之深。

后来有一晚他忘了买酒，一时不适应，彻夜难眠，便盯着天穹想自己的种种记不起来的记忆。那天的前一个晚上自己在山崖上喝酒，有一壶搁置在崖上忘了取，第二天刚好风一吹，酒就应着风下到自己那处。不过就算如此，仍是一天不去舞剑便难受，习惯已然养成，就只能随他去了。

平时穿衣也无所谓礼仪与否，他看那些个腐儒们说，右衽为夏，左衽为胡，那他索性不衽，袒胸露背，大开着衣襟而行。头发也亦然，自己没事就散着发，夏日时分也不至于连头上也有烘烤之意。

旁人看着他平日什么都不做，还能那样逍遥快乐，换谁都有一股气。所以有不少人嚼舌头，说他不知礼法，说他疯疯癫癫，说他不拘小节，仿佛这是个贬义词一样。传到后面，甚至传成了他从不洗澡，蓬头垢面，好像这一切都能和披发关联起来一样。其实他爱干净得很，沐浴更衣从不落下，自己在山林里没人看，甚至偷买了一些女子的发梳留着，辰时清醒了从沐池归来自己还要顺发，不过他懒得去和那些俗人费口舌争是非了。

在河畔停下，他靠在旁边的一棵枫树旁。正值爽秋，昨夜又下了一夜山雨，今天爽朗得很。小憩片刻，便起身寻思着能趁着这良辰做些什么。寻了自己身边半晌，只有随身带着的剑能入眼了。

好，那就剑……

抽身入流，白衣摆轻浮于水面上一层，对着应那空中的轻吕。那剑估摸着看将近三尺，在他的手里却像服服帖帖，硬是将一把僵直的死物舞出几分软意出来，像是一枝柳，花带叶。有刚有柔，未曾吐蕊，也没有必要在这里吐了他的蕊，何必与自然争个你死我活？他于山水不过是住客，山水于他则更是一张白纸了，说是什么便是什么。

舞得累了，便趁着这最后的剑势，运了锋往那枫枝旁走，斩了一探了身凌于水上的叶，使其附在剑背上，挑了几下却被送入水里去了。也不知道是做了哪窝虫的救世之舟，还是成了那下游的一小堤。不过都与他无关便是了。

上来甩了甩身上的湿意，便邀来一壶酒下肚一趟。醉了便在水旁一平石头横躺下，把胸前敞开得更甚了，头发有些润了水色，现在正密密的垂在眼前，被发丝的主人拉开来，像是一个被形所局限住了的笼子四散了，被拢向脑后，显了那炫黑的眸子，里面藏着金色的凤凰。是了，凰者，皇也。他狠不下心去碎了那南柯一梦，便随不了凡。他也舍不得这种种逍遥，便不能逍遥，也就只好在这山泽之间展翅高鸣，翻飞他的皇。

将睡之时，看到一个云白色的身影，身上闪着金色的光辉，烟波袅袅衬了他的长发，白衣勾着金边。身后是一布篷小舟，看起来刚刚靠岸。那男子对着裴凰叹了一口气，似是无奈，又似是单纯地想要太息。裴凰这便开怀大笑起来，双手一揖，笑道：“入我梦来！”

便自身向后仰去，仰在石上，上下眼皮聚在了一处，不再过问世事，很快便小了动静，同周公弈棋去了。

永清竹浪

篇十

历史是远方传来的古老的呢喃。

篇十一

就着月亮的最后一支烟，仿佛一位经历了沧桑的人丢弃了自己的宝剑。一日在看到被欺凌的善人的时候。喟然一叹，手里甩出一把无华无芒的剑，往前一送便走，身后是被夺了命的人儿。

篇十二

小的时候，怕黑，怕神鬼。

怕到了一种境界，好像听别人说说这些，就会在我脑子里不断的“广播”。这种情况严重影响到了学习生活，酝酿了 16 年的勇气，才去精神科挂上了个号。

医生其实是一个刚来实习的研究生，我们俩约谈，别的没怎么讲，结果互相吐了半天学校生涯的苦水，约谈时间就结束了。我们还互相留了联系方式，他邀请我择日一起去他的大学看看。从会谈的房间里面出来，我才猛然意识到我花了 200 块钱吐槽学校去了。看着多掏不出来一分钱的口袋，心痛如绞。打定了主意在精神科下面的小花园里转一会儿，看花也要把这钱给看回来。

看了一会儿，我坐了下来，心里感到些许的无聊。正值晚春，有些不怕凉的知了已经开始在枝头叫了起来。我索性趴在台上，嘴里学着知了的声音叫着。

瞎叫了一通，爬了起来，却发现身边不知何时坐了一位老人。老人身子挺高，五官很端正，皮肤甚至比起年轻人都当仁不让，看样子年轻的时候很有一笔风流债。不过这背是微驼着的，让他的总体印象打了几折。再加上刚才猛地看到这么大一个人坐在我的身旁，我心脏的频率快得简直能就近就医了，所以我对他的印象不能算好。

老人家倒是友善，主动开口道：“小朋友，我吓到你了吗？刚才看你玩儿得开心就过来了，没忍心打扰你……没事，你缓一缓再说话，不急。”我点了点头，捋了半天心房处，才缓过劲来。

“抱歉啊老先生，我没注意到您，所以……”

“没事儿，是老头子我没考虑到你，我还该欠你一句抱歉呢。”

“哪里的事。怎么能让老先生道歉呢。”我谦虚着，心里对这人的印象好多了，至少不会倚老卖老。

老人笑眯眯的，一边和我说话一边动作很细微地打量着我，说：“小朋友是高中生啊？”我点了点头，捏起校服上的校徽更正道：“一中的。”

“一中的。”老人点了点头。我感觉他像是在肯定我一样，我也就悄悄地把头扬得更高一些了。

我也照葫芦画瓢，像是老人一样扫过他的身上，却被老人捕捉到了，主动掸了掸自己的病服，道：“我是这里的‘居民’。”

“啊，这样的……我一时不知道该怎么接这个话茬。老人很无所谓的甩了甩手，道：“哪里不是一个住？在这里也是住，在家里也是住。满打满算下来，这里也算是北京内环，这房子不比我那里好多了嘛。真算下来我还省了一笔水电费呢。”我瞬时感觉话题变得轻松多了，伸手比一大拇指：“您活得豁达。”老人哈哈一笑，说：“谢啦小朋友。不豁达一点人怎么开心的起来嘛。”

我往老人身后看了看，问：“老人家您一会儿是不是还得上去呢？”我从一开始就没有看到老人身后的陪护人员，但也不好开口，等到现在双方稍微熟悉了一点才敢开这口。“我比较特别，其他病友是有时限的，我想什么时候下来就什么时候下来。”老人回答道，好像还有点骄傲的意思。我没有开口，用手做了一个“请”的手势示意老人说下去。

“我年少的时候也勉强读过点书，所以平时要是医院要做什么宣传的时候我就免费写点什么古文版的马屁给他们，反响还不错，久而久之就给了我好多特权，这是我最喜欢的一个。”老人笑眯眯地道，这好像是他最喜欢的一个表情。我听着一时有些心痒，拿出手机上了这个医院的官网，老人给我指导说在哪个页面看。匆匆看了一篇，仿佛整个人都被那种磅礴的气势压倒了，愣在原地没了反应。老人也不急，换了个姿势等我回神。

半晌，我才把舌头捋顺了，说：“先生您……厉害了。”老人还抱了拳，说：“不敢当不敢当。”脸上却是一脸受用的意思。我凑到老人的身边，指着文章其中的一段说：“这个让我真的想到了楚狂人，那种不羁又放纵个性，简直是那位老人家再世。”说罢心里又有些不吐不快的味道，起身吟道：“凤兮凤兮，何如德之衰也！来世不可待，往世不可追也。天下有道，圣人成焉；天下无道，圣人生焉。方今之时，仅免刑焉。福轻乎羽，莫之知载；祸重乎地，莫之知避。已乎已乎。临人以德！殆乎殆乎，画地而趋！迷阳迷阳，无伤吾行！吾行郤曲，无伤吾足。”念完又配上刚才文章的意境，一时感慨万千。

老人家轻轻在后面拍了拍掌，说：“不错不错，像你这样优秀的小朋友，老头子我很久一段时间没有见过了。”我又赶紧说：“不敢不敢，先生谬赞。”但脸上的表情一如刚才的老人。

一时间两人哈哈大笑着。我突然感觉要是我们人类里面即使所谓的“精神病人”里面都有这样的伟大和杰出的人物，好像什么牛鬼蛇神就也就那样了。

笑完了老人拍着我的背说：“哈哈……小朋友，你我相见是缘，我就给你一点小礼物让你带走？”

我明白了老先生的意思，正了正色说：“洗耳恭听。”

老人闭上眼睛点了点头，说：“你看到外面的人了吗？”

我挺直腰杆去往医院墙中间的那个窗户，外面人影稀稀散散，试图定位老先生说的是哪个。

“我是说宏观意义上的人。”老先生挣了眼睛有点好笑地道。我这才尴尬地把头缩回来，道：“啊……你我不就是吗？”

老先生突然伸出一只手指，说：“这句话对，也不对。等我说完你就知道了。”

他继续说：“你爱人吗？”

“嗯……我只能说喜欢一些人。”

“那你喜欢小动物吗？”

“还可以吧？”

“那你喜欢猴子吗？”

我好像隐隐约约把握到他的思路了，但是好像又没有，只能慢慢的说：“不喜欢。太吵。”

他把胳膊伸过来，拉住了我的手，说：“你应该学过物种起源吧？”

我点点头，说：“鱼，脊椎动物，两栖动物，哺乳动物，猴，猿，人……”我说着突然顿住了。

我好像懂他要说什么了。

他拉着我去窗口，指着外面的人群说：“你看那些，有读书的，有玩球的，有唱歌的，有聊天的，有学习的，有骑车的。”

我只能点头。

他把头扭过来，沉默着和我对着眼睛对视了一分钟。我不明所以，只能继续和他对视。

他突然高声笑了起来：“都是猴，哈哈哈哈哈！”他笑得很厉害，我都不知道一个人的胸膛可以因为笑这样的起伏。笑得眼泪都盈满了眼眶，他一边擦一边继续说着关于猴的话。

“你看，大公猴。”他指着外面一个和别人说这话的男子。“大母猴。”他又指了指外面一个骑着自行车的女子。“戴眼镜的猴。”他指着一个路过的学生。“玩砖块的猴。”他指着一个玩手机的人。然后自顾自地笑了起来，原本就弯了的腰更弯了。

我在一旁冷冷地看着，心里有一股莫名火。大概是我的同类被骂，而产生的一种愤怒吧。

他笑完了，看我，拍了拍我的背，说：“怎么，没意思啊？”

“抱歉先生，我还有学校的任务，先走了。”我对他说，不想再在这里多待一秒。

他拉住了我，摇了摇头说：“你不理解。”

那种莫名火猛地窜了上来，我带着怒气说：“先生，你觉得这样就有意思了吗？否定了人，然后呢？我们是猴，然后呢？”

他也不闹，继续他招牌一样的笑眯眯的表情，说：“你要回学校？”我没想到他会绕过我的问题，说：“啊……对。”

他说：“这不就完了嘛。”伸了左手的食指，说：“你要回学校”，然后又伸了右手的食指，说：“人是猴”，把两个手靠近了，然后一起放了下来，说：“那不就完了吗？”

“望先生赐教。”

他又像之前那样笑了起来，说：“你看，如果一个苹果是甲的，那这个苹果是什么？”

“甲的苹果。”

“那这群猴的规则是什么？”

我沉默了。

“猴子的社会。”他替我说完了我的回答。在我脸前摇了摇指头，说：“那么这群宗教是什么？猴子的宗教。我们不过是一群在普普通通的星球上化学反应的结果，现在竟然要去求什么正义和正确，道德，逻辑，学习，知识。我们不过是一群猴子。”他笑着看我，我却无法在这份笑脸上找到一丝一毫的快乐。

“不一样。”我说，“我不是猴！”我说。我无法将自己归类为那些毫无这些精神的东西里面。后来我想，多么可笑啊，之前还在想方设法的保留同类的尊严，现在却无所不用其极地将自己和他们分离。

“对啦，我的孩子，”他站了起来，摸着我的头发，“这就对了。你是不是在想，‘就算他们都是猴子，我也是人’？”我看着他，有些惊讶于他把我的心思摸透了，当然，他说出来的肯定比我说出来的更接近本意。

点了点头。

“那么我的孩子，就跑吧，就逃吧。这个世界本来就不会去容许清醒者的存在，谁要是清醒了就会面对着过分可怕的世界的本质，于是就会崩塌，就会被刺瞎了双眼，毁了耳朵，崩溃于一旦。去和这个世界赛跑吧，带着它给你的诅咒——生命，去看看能不能比这个世界的恐怖跑得更快吧。谁都可能是这个世界对你的一种追杀，谁都可能是这个世界毁掉你的一种手段。”他顿了顿，指着自己，笑着说：“包括我。”

他后来还和我讲了些什么其他的，不过我基本没有听进去，脑子没有额外的容量了。不过回忆起来，他大概讲了些“束缚”“萦绕”“朦胧不清”“相界”，不过大多都不记得了。

我看着他最后和我挥了挥手告别。这个动作我一直感激到今天，因为在他说了“包括我”一句之后，我就连滚带爬地缩到了墙角了，再也不敢碰他。他当时要是过来拍我，我说不定已经疯掉了。他是那样的熟练，好像早已将这些规则视为自己的器官一样。

最后他转身的时候，我注意到他的侧脸上淌下来了一道水光。莫名的，我就很心疼他。本来我已不想着将自己和那些人归类在一起，所以这份情大概是一种，跨越了物种，能量，类别的一份情吧。像是，就算他是一条鱼，我也能捧着他产生一样的情。一种，对于悲剧的无比的同情。这份感觉在看到他“恢复”了“正常”的样子去和护工打招呼的时候，升到了最高。

不过好在，这次医院之行总算是回了本。我明白了关于我的怕黑的病，不用再去医院了。

治不了了。

我现在还记得，他走之前的最后对我说的一句话，

“孩子，记住，他人即地狱。”

我从未像现在一样怕黑。

篇十三

他坐在驾驶位上，死死地盯着眼前所出现任何事物。当这个事物是一个挡了他变道的车的时候，他勃然大怒，拍着方向盘叫骂着。

但如果听仔细了，他的话里面没有任何的的事物，也就默默在心里想着能用方言来增一下自己的气势了。

刘向在他的战国策里写道：“布衣之怒，免冠徒跣，以头抢地耳。”看来这位刘先生着几千年就对这种从身上所有的毛孔里面渗来的实质散发着的酸味厌恶上了。小肚鸡肠着市井一词的恶面，让所有的那些身着白衬的人无法不掩鼻而过，不屑与之为伍。说来怪，他沐浴的频率倒也算是勤，无论是谁坐的出租车，都会回家和家人道一句“臭不可”。“这个啊，”和他同一条街上住的那个爱八卦的闲嘴婆说，“叫命。他不是做这个料，还非要去抢别人一碗饭吃，这不是损德。老天爷看不下去了，就用这来堵他的财路。”

这说法他是不认的。“什么小肚鸡肠，明是在用自己的知识来赚钱，哪里算得上是小鸡肠了。再说，小肚鸡肠有什么不好，没有

门这种人，哪里能够有社会的动态？哪里有成功？成不就是慢慢积累嘛。”这些话还是他有一天做梦梦到，平时他做了什么梦，醒来时候都不大能够记得清，稀奇得很，他这个梦记得一清二楚，醒来一琢磨，便大清早的敲上了那个闲嘴婆子的门，对着一身睡衣的个婆子原话复述了一遍。那婆子估摸着这人是晚上刚完酒回来，怕生事，连声称是。说实话，即使他和那子说自己怀胎七月了，得到的基本上都还是那个大拇。当然他没细想过，觉得自己总算是出了这一口不知憋了多少年的恶气，自觉良好，于是无论谁来说劝他变他都是这一番话，这一来二去的，耳根子便清净太，他觉得自己真是有才。不过当然，就算是他现在去了什么，自己身上那味道也仍是去不了，常在市里住一看到他这张“万花丛中一点黑”的脸，瞬间就拿起机装作打电话，仿佛刚才那个挥手拦车的不是自己。是他也只能去机场常驻，去坑一坑没有听过自己大名外地人。而且他还能装作在这个城中熟透了的样子，那些人侃侃而谈，彻底给他那从小到大的“指点江梦”一个寄托处，虽然那些人大多只会皱着眉缩在的另一个角落随便应着“是”罢了。这时间一长了，自己也摸索出来了一套规则来适用于各种情况，好在绕路时听到导航的“您已偏离路线”来回响了两遍，得用方言来随便骂任何能骂的，再目不转睛地盯着方，避免一切对视，一会儿就过去了。

篇十四

I have defeated the lean streets, lonely men, the killed nobodies, the outside ghost, what ever the history has wrote on the dead looking body, that central book which belongs to the good old gods, who are now finally been forgot by the moving on world. I had been defeated, by darkness itself, over and over again, never ending....even now, still known by the world as a loser. Only moon knows, own sun cries out, and I never, never, as long as I am still able to speak for myself, tells.

译 文

我已击败那倾倒的街道，形单影只的男人，无名被杀者，外界之魂，所有历史写在这濒死之身上的，那归属于那老好神的、终于被不断前行之世界所遗忘的中央之书。我曾被击败，败于黑夜之手，一次又一次，从未停止……甚至于现在，仍被世界视作一个败者。只有月亮知晓，只有太阳叫出，而我，永不，永不——只要我还能为我自己讲出——告密。

Feel the laugh, read the past, real the forever last.

译 文

体悟笑语，
浏览往事，
使那可永恒的成真。

ROWNE PLAZA

篇十六

头疼得很。

我背着灰色的背包，拉着一个红色的行李箱，看似镇定地在走廊里面走着，实际上在内心已经成了一个喷发的火山式的泼妇。

原本是去一个有名的书店，为此倒了多少趟地铁，下了站台在这临门一脚的时候突然被一个之前没有注意过也没有想过要注意的小书店绊住了腿，呆站了几个小时。

一开始风月俏佳人，无限好的独处时光，我如同好不容易卸下天的阿特斯拉，几乎要瘫坐在书里面。还感叹了一下我果然还是喜欢独处，就恨不得去门外拉过来一个观光团里的大妈拜师，学一个摆拍的姿势发到各种奇奇怪怪的地方，配上这段文字，就像现在刚刚是 2009 年一样。

但是很快便意识到一个致命的问题，我的腿在支撑了几个小时之后，终于不堪重负，来向我投诉了。我也并未在意，随随便便的揉捏了两下便了事。不，比起揉捏，更像是一个拿到了自己热恋期的对象写的信的一个铁匠，这时即使是官家来订的单，也是一手拿信一手随便乱捶几下完事。

当我意识到我的腿无法再给予我任何一秒的支撑

的时候，已经晚了。我匆匆忙忙地找座位，但是这里已坐满了那些个真正关心自己腿的人，我便只好出店，寄希望于那个有名的书店，祈求，不，祈求那个名声应该会给它带来同样多的座位。

然而当我向那家书店走的时候，又一个问题出现了。兴许是这么多天的晚上的不辞劳苦的夜游，在北方寒天的夜游，终于积满了够头疼的量，让我吃足了苦头。太阳穴两侧如同点了火一般，烧着烫着，仿佛一个装着岩浆的气球被人用烟头在两侧烫出了洞来。我的找到神灯要实现的愿望清单正式从原来的“知识，金钱，和再来一个同样作用的神灯”变为了“找到世界上最厉害的鉴鬼大师，让他回答在看我的头时能不能看到一个开着鬼火的鬼的尾焰，以及鉴定他在说真话还是说假话”。

一路走着，原本几乎要连爬带滚，但是考虑到身上的风衣，只能自己咬牙在心里重复“风度，风度”，如一个妇女对于一个砸了家的熊孩子在心里默念三次“这是我孩子”一样。有时甚至要停下来原地站着缓一缓，再忍着这些继续前行。待看到那书店的大门的时候，竟有一种摩西回了以色列，逃荒的人儿望见了目的地一般，几乎要以袖掩面而泣。

进去，我几乎要呆住。所有的座位上满满的全是人，满得几乎要人怀疑他们是否处于真空之中。我拉着那红色的行李箱，如同一个被聘进官府的姑娘，看着那满院的毫不熟悉，只能攥紧那红色的聘书，如此才能够安心。更窒息的是，这里的所有位置皆是在消费区域内的，手中的包里没有钱则要连腿也要连累上。我在这“大院”里走着，手极其不安分地拨弄着书包的松紧带，紧住又松，松了又紧。在心里开了无数次的商讨会之后终于做出最悲痛的决定：钱不钱吧！身体只有一个，若死了钱也没有地方花了，这钱是救命用的，吝啬不得的。这么想来，便觉得自己每走的一步都变得极其神圣，也不那么诚惶诚恐了。

旁边的一个大一些的女生看到了我这幅似是农妇进巴黎的样子，大概是不忍心，坐起来收拾包走了。我看着她，几乎要下一盘眼泪饺子，脚下踉跄，险些给她行一个曾爷爷辈儿的礼。她像看傻子一样看我，拽了一下衣摆走了。

此时我已然头疼欲裂。但又别于那些真正一边做事一边头“啵儿”一声裂开的，他们去嚎叫能够使他们存在于一些都市传闻里面，抑或成为哪个有心的才子佳人笔下的受到诅咒的英雄原型，我现在去嚎叫仅会让我出现在某个爱看新闻的进化学家的年终报告之中，报告华南地区增加了一例反祖现象的典型案例，要么顶死了让他写一本愤世嫉俗的书，呼吁社会应该对胎检里面增添一个查询其反祖比例的检查，然后我的家人还可以和他去争一笔肖像费和专利费。但是我认为目前我的研究价值还抵不上一杯咖啡，于是就在记忆里面倒腾出关于儿时开玩具车的操纵记忆，以同样的运动方式驱使我的身体，缓慢地向着“消费区域—咖啡前台”的牌子前进。

我预想过这里的消费水平，颤颤巍巍地给其划了一个 35 元的红线。结果走过去，看到那个正中央处写着的“蓝山咖啡 100 元”，几乎要昏过去，又开始怀疑自己要不嚎一嗓子便坐地上算了，好在我穿得是一个风衣，自己觉得这样实在不能算是得体，否则我大概已经开始满地打滚儿了。不过这对于我的悄然缩在衣兜深处的钱包，可算不上甚好消息。她一脸惊恐地护住自己的身体，尖叫着翻滚，想要躲开我的手。我忍着泪，将她拿了出来。她红着眼睛，深黑色的躯体在我手里的热气下腾出来了几分水色。我抚过她的脸庞，为她的眼睛侧淌下的眼泪隐去踪迹。一旁的前台服务人员不耐烦地用手敲打着柜台，问我到底要不要点，我“诶”了服务人员一声，面色迟疑地看着我手上的尤物。她看了看我，又看了看自己的身体，咬着唇点了点头。我眼眶子也红了，将她翻过，手捋着那一道脊梁，悄声说了一句抱歉。她趴着点了点头，又摇了摇头，不再回复我。我眼睛一闭，狠下心来将她猛地打开……

我浑浑噩噩地回到那个座位，不再管世界上的一切其他，包括头疼。说来也怪，这作妖的似乎是看着人脸色做事一般，看我不再管顾，反而沉静了下来。虽说没有减轻，不过也没有加剧。我有些许吃惊，但是总算看到了一个活的出路，靠在座椅一旁，用手臂支着自己的头一侧，尝试这样能否有所减轻。虽然初开始的确如此，但是毕竟治本不治根，不过一会儿那没有手撑着的一边便像是将这头的所有火辣统统接到了那头，我的痛苦从那里喷薄而出。但是一时没有太好的办法，于是只能左右交替着来支着脑袋。

支着支着，突然发现我所注视着的地方有一个看起来和我年龄相仿的女生，此时正看着我像看着某个低等生物一样。我反应过来，我所对着的位置正是一个女生的位置。我虽然在治头疼，但是在她看来大概像是某些一辈子没有见过女生的男性同胞。但是我现在已然没有精力去解释了，自己也认为如此低靡的士气需要一个胜利来鼓舞，因此高着脑袋看了回去，仿佛她才是个低等的无脊椎动物一般。她看着我沉默了一会儿，放下书走了。我顿时感觉自己如一个赢得了“真正的法国人”称号的骑士，仿佛恨不得把这句话拧下来打进金子银子里面，别在胸前从此高傲一生。虽然这并非必要，但是的确在这样一个灰色的时分给予了我一份放着光的安全感，于是我只能抱着那光，由别人说去了。

待头疼稍微好一些的时候，仍感觉头有一些沉，自己和头疼的对抗耗了精力，大概可以以吨为计数单位，一天的疲惫按着时间顺序接踵而至，在我身上凝固，一点一点的将我的头压低，沉得几乎抬不起头来，我睁不开眼，不一会儿便睡着了。

篇十七

梦殇，梦荡，梦之断然而望，梦之怅然彷徨。

單向空間
OWSPACE

篇十八

“要来一根吗？”

甲向那个立在商店门外的背影说着。他实在想不出有什么更好的止战的话了。

那个背影从商店的房檐里的阴影里抽身出来，晃了晃身子，依旧没有张口，只是向他走来。

这是今天他自认为脑子发挥的最好的一次。

要是可以，甲太想表示自己对于他的理解了。这一天的争吵下来，每次一张口，都会有巨大声响自天上烦人地坠在他们的面前。他们只有拿起，舞给那个令人厌恶的本性看，给他来一出好戏。这么一场下来，他们彼此都清楚地认识到这如同潘多拉魔盒一样的嘴。于是，他们用剩余不多的默契，合力用沉默将这个魔盒封印起来。

可是他并不能在这个情况下有更多的表示。他想了一下，将那根烟屁股伸得更往前了一些，那只烟屁股在晚风里轻轻的摇摆着，摆得颇有几分讨好献媚之意。

乙继续着他的沉默，接过了烟，用手护住，小指在打火机底轻敲，按了下去。烟红了起来，一刹，那乙的脸不再是一个模糊的概念，“一个人的脸”这样可以指代任何人的虚无缥缈仿佛离甲七万八千里远。再一次地，在他的内心清晰了起来。

两人坐下，在无人的街头，马路牙子上，并排坐下。甲有些恍惚，上一次这样的情景似乎是在……病以前。一时间傻望着天际，颇有些感慨。

在一旁的柏油路面上撑着身体的手被抬了起来，手心里温度骤然降低，一个“小冰蛇”滑了进来，手心里全是汗。甲转过头去深深地看了乙一眼，这个家伙可没有看起来那么轻松。再转头，装作什么都没有发生。

片刻，刚刚滑进来的小冰蛇似乎不满于现状，悄悄地在手心里挠了起来。甲没有忍住，噗嗤一声笑了出来。笑完又想到，现在自己是在一个严肃的状态里，于是又赶紧摆出一副严肃的样子，再咳嗽几声假装刚才仅是一个声音大了些、音调坏了些的自然的咳嗽。冰蛇似乎知道自己闯了祸，不再折腾，慢慢地滑向手指缝隙间，一根根掰开了指头滑进。再在手背上缠上这手，慢慢地摩挲着甲的皮肤。

甲叹了口气，站起身来，转过头，盯着乙的眼睛。乙仍是一手抽着烟，盯着前方一副正襟危坐的样子，另一只手却贴合在甲的手上，不留一丝空隙。

皮鞋和皮鞋相互碰撞，声音颇像一头撞在树上的乌鸦发出来的闷响。乙抬头。

“腿分开些。”一种命令似的声音。乙没有动，继续看着眼前的人儿。

“我要抱你。”话是带着某种撒娇的意味，

但说出来的音调仍是一种命令式的语气。乙吐了口烟，把挨着的双膝分开，在那黑色的裤子上拍了拍，示意对方坐过来。

“坐过来，抱着。”

甲找到颈窝，把头埋了进去。手上环着腰，力用得很猛，却不带任何声音。一时间整个街头只有衣料相互摩擦的声音，接着还是沉默。但是这份沉默却可爱得多。

许久，头从那背后转回来。

“亲亲。”声音再次响起，这次却不是那样凶狠的意思了，声音软下来，不像是一个风流韵事的经历者，只像一个可怜的求爱人。

吻了上去，扣着头吻了上去，两人的身体自由地向对方连通过去，很久没有分开。

不知道过了多久，也许一会儿，也许很久，两唇分开。乙像抱孩子一样将那胳膊架起来，用手环住他。两头相依偎，许久。

甲情绪看起来恢复了些，扭过头，挑着眉毛想要说一些情话，但刚扭头唇就被一根食指轻轻压上。甲也懂了对方的意思，和那人对视着。不一会儿便没有忍住笑了起来。乙也跟着一笑，声音因为刚才那根烟的缘故有些沙哑，不过他早就不在乎这些了，因为那是自己的爱人。

甲好半天才止住笑，喘着粗气，指着乙说：“傻×。”

乙头一次说话了：“傻××。”

甲歪着用手撑着头，说：“你就喜欢傻××。”

“是啊，”乙说，应和着那话妥协道，“我就喜欢傻××。”

两人坐着，依偎着，什么都没做。

这就够了。

他们互相依偎着，守着不知道何时何地破壳的黎明。

篇十九

在巨大的木质的床架上，铺着如波涛般悄悄鼓起来的鸭绒被，似乎如此才能够和晚上在他的梦里翻滚的海浪相配。

篇二十

美丽的希望在河畔负手而立，我却没有勇气向前一步将她的面貌看清。

篇二十一

当我，身躯，落幕，那将是我最后一次倒向自由。

她脸上的一部分，决定联合起来反抗单调的统一的一致的无趣的美。

篇二十三

给一个事物以距离，美从它们的间隙里产生。

篇二十四

经历只是经历，

是经历者的选择使它们变成记忆。

篇二十五

如果让我抛弃自己来谈这个世界，那么我将获得至上的自由。我会有无穷或者非无穷的话题，至少我现在能够想到的话题就有生死、存在、宗教、意义、生存等，到时候，话题可想而知有多少。但是我现在不能这样做，因为我的生命中倔强的要延续我自己存在的一部分，要让我自己逃避这些话题，因为这些话题的基础就是对于我的否定。即使我们仔细坐下来一想就知道，这并非是对于我自身的否定，但这正是存在本身不讲道理的地方——它如同一把娇气的火把，一旦短时间被忘记，就会泯灭。同样的，对于存在，只要短时间不被放在话题的正中央，就相当于死刑。

于是我们面对着消亡的命运，举起了意义这把“判笔”，给这个话题画上了大大的“叉”（谈论这个有什么意义？一切意义都是基于存在之上的）。这本身是一个天大的偏见，但站在每一个人类的角度上又是一个合理的偏见，毕竟谁愿意抛弃自己作为主体的身份？

再谈谈关于自己的延续吧。我们其实不难看出，我们对于这个世界的最原初的欲望，就是创造。如果再深究这份欲望，我们能得出怎样的理论——复制。是的，在创造中我们很难抛弃将自己的一部分融入作品之中，只不过我们和真正的、优秀的创造者的区别在于，他们懂得将自己的哪一部分融入作品里，而且他们勤于研究每一部分的配比，其中的顶尖者甚至了解要将自己的相反面融进去。但总而言之，作品是和创作者相关的，这样说总没有风险。这从某个角度而言，不正是弱化的、有选择的复制吗？那么那些渴望在生活中寻找、创造复制的人，也可以被理解了。同样可以被理解的是那些在找到“复制物”之后的不满情绪，因为那终究并非自己的完全的创造，复制出的部分有些不能够让自己满意，或者复制物的成分、配比让自己觉得不“自己”，于是不满。

但总而言之，无论以意义来抹杀也好，复制的爱恋也罢，在一个我们无法命名的层面，是不妥的。正如我所说，它无法命名，自然也无法定义。但这团潮湿的黏团，仍然在不断以一个我们同样无法命名的方法来影响着我们。我们受这影响，终究觉得上述两个行为是不妥的，所以也会尝试用自己或许也无法命名的方法来和这些做抵抗。比如我将这段话写出来，就是对于此二者的一个捕捉的尝试，当然成功与否完全未知，也不重要罢了。

奇迹之年

篇二十六

在北方边缘的平城里，我再次听到了“泰坦尼克号”。

这不是我第一次听人说起泰坦尼克号，这大概也不是他第一次讲述泰坦尼克号。

他作为讲述者，眉飞色舞，激动地说起杰克和露丝（露丝儿还是肉丝儿，他用北京话讲述）。我作为在另一个桌子上的倾听者，竭力扮演一个丝毫不感兴趣的陌生人。

他讲述很多，讲述自己眼中西方的绅士礼节，讲述沉船时的气度，讲述西方的沉没浪漫。他讲述到自己变成杰克，讲述到眼里闪出露丝。讲述给另外两个同样不感兴趣的熟人。他讲述，仿佛自己变成那艘沉没的船，见证再叙述。

我们会经历很多这样的“附身时刻”，在书里，在人生中。有的时候强制，如梦；有的时候自我，如书。我享受欣赏这样的附身时刻。

我们总归要摸摸别人的剧本的。

不知道多年后他偶然回忆起半生的时候，会不会想起杰克和露丝。

不知道杰克和露丝会不会梦到，他们在偏远的边缘里，在平城，被谈起。

篇二十七

日式的幽灵徘徊在我的窗前，又是恐吓的把戏。

鼓点左一下右一下的，响在脚旁，那里传来昨夜在第二次做梦时模糊听到的声音。

过去的梦再一次做，没有突兀感，自然地，如一个浪荡已久的游子归家，除去欢喜没有别的感情产生。然而有什么不太一样，我确切地闻到。空气中那些不能抓在手里的气体变味了，闻起来压抑，像是死了几天的尸体。有一些不一样的东西杀死了原来的大气。我在空中张着眼睛，来回盘视，好似狱警不安地握紧警棍般。

篇二十八

他挠了挠头，从裤子口袋里摸出电子烟烟杆。

又从大衣内兜里找到烟囊，按进烟杆里“咔嗒”一声响。

靠近，深呼吸。从外面看，烟囊里灌满蓝色液体，沿着液体表面融化，气化成烟雾，摇晃地进入烟嘴了。

他深呼吸，蓝莓味的烟进入他的口腔，每一份烟雾都像冰冻成的，咬在嘴里冰舌头，也扎牙。他结结实实打了个寒战，差点提前把烟雾吐出去。

他调整好方向，对着前面人的脖子，鼓起腮，把烟雾一点一点吐出去。他看到前面的身体震了震，这正是他要的效果。

他听说电子烟的卖点在于没有二手烟伤害，他倒希望那只是个噱头，觉得前面这人吸烟也不错。

他觉得自己的烟杆像蜡烛，自己像一个巨大的生日蛋糕。他不停地吹蜡烛，许愿前面的那个人抽烟。

他想象前面的那人吸烟的样子，一手执笔，一手夹烟屁股，脑袋靠在后桌上，胳膊搭在自己眼前。深呼吸，吸气，仰头，吐气。

他又想抽烟了。

篇二十九

我是一个臃肿身体的拥有者。

其实我一开始是不胖的，整个人还没有像一个瘤块一样大大地膨胀起来。整个人虽然也算不上苗条，但是绝对不能说是胖子。

穿过平原和山野，带有目的的来到人间，打算完成一场不愿罢休的梦。虽然只身，依旧期待。

根本没有想过皮囊的问题，觉得皮囊不过机器，不过载体，自己自然完善就好，本来就打算孤身。

然而现实中很多东西给我上了一课又一课，一次又一次的。

我虽然没有打算变得优美，当然也不想着变得丑陋，摄入注意，移动常常。

然而是太阳和月亮让我变得恶心。

太阳的光线照射常常让我变得鼓起，像耀斑；月亮的光线照射常常让我变得凹陷，像坑洞。慢慢的，一凹一凸，我变得臃肿了起来。

我像是一个陀螺，旋转又旋转，不停歇地旋转，到我的舞台上，“我的舞台”，简陋，肮脏，低素质，它们像鲜花和掌声一样填充在本不该有他们的我的舞台上。

我被表演，强制表演，歌唱，舞蹈。我每次上台的时候都是最苗条的时候，上台之后我就被照射，逐渐臃肿；台下混世的才子用词句填充我的肚子，烂漫，但是对于我来说太多了。我哭泣，学院式的，悄悄蹲在地上，捂着脸，揉眼睛。慢慢这也成为我的舞台表演不可分割的一部分。我连哭泣都被强制。

慢慢的，舞台时间越来越多，我渐渐生活在台上，无法下台，时间永远。水滴石穿。我在台上，舞蹈动作延伸，动作臃肿，但我不得不完成。逐渐有一种奥德赛时代飘过来的风和味道在我的舞蹈手臂空袭中充斥，只不过此次英雄无归。

我在镜子前面的时间也被舞蹈挤压、压榨，我终于来到了和镜子最后告别的时候。大步踢踏镜子前的土地，眼泪掉下。我在镜子前面摆弄自己的身体，一种美要求、苛刻另一种美。最后，我挥手道别，再见。

篇三十

“爸爸，拿过来那个冰糕。”顶着黑框眼镜的女孩和他说。女孩坐在电脑旁，手指缓慢地打着字，像是从来没看到他手上长着墩布一样。

“哦，马上。”他随手放下墩布，走向厨房，拿出他工资 0.2% 买来的冰糕。撕开包装袋，冰糕像花蕊一样升起。他双手一上一下握着冰糕，捧到女儿的桌前。女孩扭头确定冰糕来了后就再没有看他，左手分出两根手指勾住冰糕，说了声“谢谢老爸”后继续忙自己的作业了。

“刘，工资发了吧，拿过来。”不一会儿，妻子的声音响起来，他掏了掏钱包，想了想，索性直接拿着钱包进了妻子的门。妻子坐在床上剪指甲，听到他进来，微微扬下巴表示抬头，左胳膊指了指床边示意老样子。他会意，开始从钱包里面掏钱。一张，两张，好几张，他嫌不够，又拿着钱包抖了抖，里面几个藏的深的小家伙也终于冒头了，他为自己这种想法偷笑。妻子盯着钱堆儿一会儿，似乎是在核对数目。片刻后，点了点头，说：“好了，可以了。”他会意，像老样子那样，出去。

吃饭的时候，女人看着桌子上的饭，说：“我总感觉少了点什么。”女孩看着桌子，说：“是少了些什么。”女人想起来了，扭头对他说：“刘，你去买个……额，香槟吧，稍微高端一点的晚饭。”他下意识地抹了抹围裙，艰难的开口说道：“可以。但是钱？”

没想到女人当场拍桌子：“钱钱钱，我不需要钱啊？就你忙，就你累，我不一样养家吗？好，可能你多付出一点，家是共同的家，你多付出点拿点钱怎么了？”他手紧紧地攥着围裙边说：“可是我没有钱了！”“没钱？扯什么蛋？谁不藏点私房钱啊？老卜家的上次被发现藏了400，我就不信你没藏！”

看着他仍然杵在门角旁，女人没好气地说：“行行行，就你穷，给，拿吧。”说罢，钱拍在桌子上。他伸手，拿钱。

临出门，女儿低头摆弄着手机说：“谢谢老爸啊。”他下意识地微笑，点了点头，又意识到女孩根本看不见。

出了门，关门。

在雪地里，他攥着钱，在雪地里走着。他觉得这个世界上没一个人爱他。

帕夏土耳其餐厅 Pasha

篇三十一

她低下头去，不再理我。脚底踩风。

于是桌子上的针线疯狂地交合。

篇三十二

天上的太阳在落到地平线后，缓慢地成了一滩昏黄的水，滑进深深的井里，刚好不溢出。之后又有数不尽地鸦群从远方闻名而来。老人们说蝇追火，那鸦便是逐阳的。鸦群果真越过了地平线，争相涌入井里。先进井的被阳水溶没，但它们仍前仆后继地进入，终于隔出一层渐厚的黑膜——那是先层乌鸦的尸体。等到最后一点黑意也没进井中，天地银茫茫地一片，镀了一层银膜。月亮升自井中，一种混合昏黄和黑的结果。月亮升起，钉在夜幕上。

7

呼和浩特
Huhehaote
北京
BEI JING

篇三十三

我走在路上，扬起的柳叶打在我的脸上。

也许这是一个夏天，在树木最绿油油的时候，绿色拂过我的脸上，上面的绿色凝结成水滴，而我刚好念韶华，感物是人非，自己一滴泪水落下，在抵达下颚前完美地与那绿液混合、相撞，变成绿宝石般的哀伤，这时才落下面颊。然而很不幸，这时已经是初秋，绿色消退大半，柳叶已经变得惨败，打在脸上没有那种凝华般的感觉，反而是粗糙的，像是芦苇般的芒。

而我也会想象这是一个特殊的时间段，比如说赵宋时期的堤岸上，我且行且吟，且吟且唱，歌颂一切众生，提笔书尽天下。然而这并非那个时段。睁开眼睛仔细看，这是异时，异乡，而我却并非异客。南国的幻想在北国面前被打得破碎，我的面前也只有这棵柳树孤零零地一个。完全没有南国那种温软感。刺眼，刺耳。这棵柳树枝丫间把落日轻挑在枝头，这个时候它并非是柳，反而更像竹了。在太阳周围挑得太阳晕染，波纹细细地，漂亮极了。

所以我放弃了对于这棵柳树的幻想式观察，而从别的角度来进行观察。

它的柳尖儿上有个被风吹打得露出点点尖芒的叶子。我看到这个叶子，想起了麦芒，想起了莜麦芒，想起了大麦芒，想起了一切将要顺时针旋转的生命。这也许是生命的开启，但如果封建一些地想，未尝不是一段生命的终止。破。立。不破便不立。生命的传承，让我想到了被杀死的奥西里斯。这就更多了，思维像是滑进了马里亚纳海沟，一切记忆顺着上涌的海水上浮，我变成黑色，完全无法辨明周围的模样，甚至不能看到自己的思维模样。我不得不终止对于柳树的形貌的观察。

我还不愿走开，于是开始对它进行总结式观察，即隐喻和意向上的观察。我看到它坚挺在风中的“麦芒”，感觉仿佛整个灵魂被它刺了个遍，浑身毛茸茸的，让我过敏，毛茸茸的。我感觉到整个人被麦芒包围，那种软绵绵的感觉，让我想到了母亲的羊水。在羊水里，我想象，我回闪，大概并非是湿漉漉的，而是软绵绵、毛茸茸的，所有的羊水变成无缝不钻的麦芒，围绕着我的身体刺入，我咯咯地笑，踢了母亲一脚。

但现在麦芒迎面打了我，我便是被母亲的羊水迎面打上了。羊水，混杂着母亲的哭泣，猛烈的排斥和血，让我不再能够安然地毛茸茸，我终于被扔到了这个世界上，这就是出生。那么柳叶打过我，我就是出生的了。

我今天得到了一次新生，我的人生被柳叶打了一回，那么我的人生便是要从此新生了。

我相信前路还有很多要打我的柳叶。

我走在路上，扬起的柳叶打在我的脸上。

烂　柯　酒　单

首 壹

从前的时光

从前的时光慢
时光慢到我们都得在前面背过身来
对着这个小家伙吹胡子瞪眼
不做些什么很难消磨时光
若有人问年华在哪
我一定以疑问句的形式说：
“伸手啊，轻轻一划便满把。”

从前的时光长
时光长到人们在一天结束时还觉得它没有结束
它从学校大步跨到家中
被塞到了数不清的笔芯里
往往在第二天开始的时候还残存着
日子往往被活成了连续剧
今天的人们是从昨天的时光里硬扯过来的
“呦，今儿这么早就走啊？”
“嗯，到学校要值日的。”

从前的时光贫时光贫
到一块五角钱的桃酥饼干吃得出蜂蜜味儿来
七元钱一个的法式面包更是皇族贵胄级别的享受
平民阶层青睐的一元五角钱一个的猪肉大葱包子
是特殊日子的庆功仪式里不可缺少的一环
平时吃不得的
在回家的路上用卖桃酥老板送的塑料袋装上两块桃酥
若刚好是新出炉的、热乎的桃酥，那是中头彩般的惊喜
等上几个无话不谈的好哥们儿一并骑车
小心翼翼地从桃酥边上掰下来一小块分给他们
一路听着他们叫我“桃酥哥儿”，一边骂骂哪个判分不公道的老师
我们可是要拽着时光走的

从前的时光寒
时光寒在每个骑车上学的孩子的心中
冬天的早上谁都不愿意早起，“起”便是时间刻不容缓了
每天 7:20 必须出门，到学校最快得十五分钟
从存车处走到教学楼五分钟，上楼三分钟
便刚好卡在班主任记迟到的点上
但要是能恰恰比上课铃早一秒走到教室
便是一天中最幸福的事了
赶车的时候常常要与月亮赛跑

看到太阳时就得着手准备值日了
一心忙着赶路，顾不上手的结果
便是坐到教室后手完全没有了知觉
好好搓个十五分钟后才能握笔
要是朋友们的家比较近，便约着一齐去学校
“走啊，踏月浪去见海。”

从前的时光满
时光满到文字常常从稿纸格里溢出来
我的文字，几乎被老师树立成了一个“典范”
我也老是没心没肺地去找朋友炫耀
“看，爷的文字该是被万人所记住的。”
看了几本那些记录自我所记录的、沉醉于自己的书
便觉得自己可以“之乎者也”了
别说，要是换个袍子和面容，说不定真的够格
即便如此，那些“尧舜禹汤”“唯我独尊”的日子
一直到现在还是我魂魄的故乡

从前的时光忙
时光忙到我们都恨不得把墨水倒在纸张上
习题和试卷带着皎然走近
又挂着油墨味极重的“彩”走远

来来回回几次，别说，还真有几分像看着亲儿子长大的感慨
在蝉鸣声最盛的时候，通常也是我们极痛苦之时刻
从生活的各处扣下来一点颜色，带着分娩的心情和疾痛提笔
在不知道多少时间以后捧着沉甸甸的“孩子”
好奇地拨弄她的眼帘

再看着孩子们顶着纵横于全身的红判语回来
心里便长了颗分数般大的瘤
一些具有斗士精神的同志们领着自己的“赤子”与老师理论
被叫了家长
家长们来看自己孩子的孩子被“批斗”

从前的时光旧
时光旧到我现在写这些文字的时候还要“稍加思索”
从大皮本中找到夹带着的照片和零星的文字才能想起
才能想起那时少年的生性张扬与肆意的、仰天的笑
掉在地上了不要紧
捡起来，拍一拍，吹一吹，嗯……
尚且能用，
从门前的抽屉里找到胸卡
从学校门口买一个一元五角钱的猪肉大葱包子

从存车处解开连接着车轮和杨树的锁链
从肺中备好够十五分钟用的哈气
好了
青年要归家了
去捞沉在池底的锦衾制的故梦
临行前
少年得允许青年替他说话了
青年代少年向所有时代与时间段的你问好
也祝你今夜好梦

我在书桌前
思考着
思考着寒冷和热流
大和小
蝴蝶和泥流
思考……嘿，
还思考什么呢
还有什么能供我思考呢
“鞭策一会儿自己吧。”
你用仗在书桌上的手捧着自己的脸，俏皮地看着我说了好
“抽打自己的身体还不如抽打自己的灵魂。”
那就去做吧
一遍又一遍
我去拷问那个战栗的意志，又因为拷问了他而被拷问

首叁

为我系一次缨吧
我欲向边塞而去，驰骋北原
彼处差几棵柳柏，却添几笔孤魂
擂动几重霜寒鼓，喊去几层冲天魄
飞红温铁衣，驱敌于燕山
哀笳关下听，玉笛陇头鸣
畅饮狼居山，淡尽胭脂山
君亦以保全自身为善
我欲要那沙场上千军万马尽数做了我的嫁衣
那所有的豪气做了我的嫁妆
再回来
再回来爱你
彼时
我回来的次日晨起前
你我私奔吧

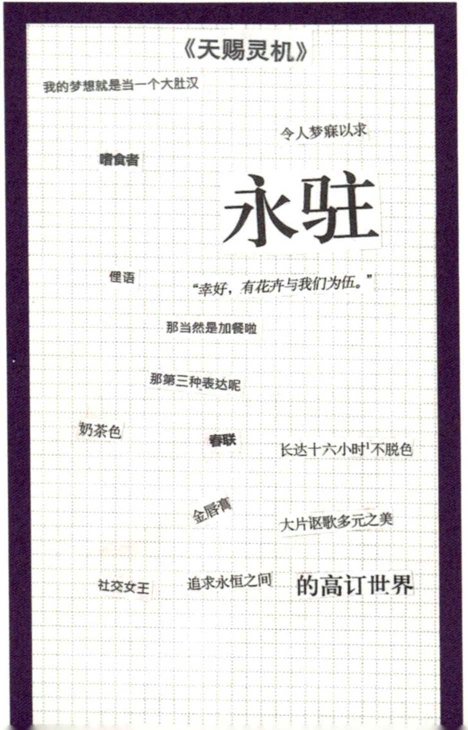

首肆

你看这光阴斑驳在路上
小的时候一直以为路的末端有望不到边的前方
一直到现在都没长大

首伍

狂欢背后是无尽的彷徨、不安，于是无穷的消费
猩红是垫在望不到边的黑之上的
丢了黑的红盲目，少了红的黑死寂
于是人间

首陆

我正要向你走近
你笑着摆手说让我等一下
只见你踏上高台
我以为你要扑向我
于是走得更近了一些，在下方敞着怀
然后你踮起脚尖，采下一朵桃花，别在胸前
小花粉嫩地张望着
一如你模样
于是你掏出了一把刀，在那朵花的位置举刀自尽了
连洒出来的血都是粉嫩的

首柒

为我添酒吧
在遥远的北方
用你的手添酒
手
为另一只手满上
他们一定相爱着
我的神智，他是酒樽
即使他曾经不是
一切佳酿都要在我这里盛满，一切佳酿都要在我这里糅合
黑夜也是我的常客
你那手在我的杯壁上轻弹
我便轻叹，摇曳了的轻叹
摇曳着展出龟裂，再破碎
在你面前红红绿绿地碎开来
如今，我和你隔着千万座山
我征服了山
不，你征服了山
站在你的窗外，在玻璃上轻弹
来吧，为我满上

首 捌

请
你先上车，我在大巴的后面入座
在夏日的最后一夜
我们发车了
窗外枫叶早已急不可耐地吐了红，风里面翻腾着肚皮
如同讨那风欢喜的一只小狗儿
霡霂纷飞，沕然的天气
天仿佛是遥远的，而那正是我们驶向的方向
天地写满了秋，然而我还要固执地叫它夏
大概也只有我会信了
于是这便是我的夏
你信吗？
那这便是我们的夏
遮莫那鸟去叫早秋
你在前面坐着，头一点一点的，似是强忍着困意
我看得心疼
但我亦没有余力去给你什么，我在与你的同一条道路上前行
而和你一路已然是我能做到的最多
但这些今夜之后便将不再成立

我们在今夜后便要作别，你去跳一步往你的春
我则继续唱我的夏
那么该怎么办呢？
或许该去忘却吧，去闭了嘴吧
去少提那夏，去和了秋吧
去把我的面孔从你的记忆里模糊吧
去看我成一个陌生的“老同学”罢
我亦从我的诗篇里面抹去你的名字，停笔不再写你罢
或者
或者……
或者
我去祈求天降大水
我们都被大水所包围，车也翻滚到海里
瞬间，那些所有的秋都消失了，只剩这蓝的夏
你还在挣扎，猛地摇头想要甩开这些
我到了你的身旁，抱住你，抚顺你的背
你慢慢也安静了下来，反抱着我
我再吻上你，渡过去多少夜空下的流眄而得的星光
你眼睛亮了起来，整个人恢复了你曾经的华年般模样
那时我认为你永不会暗淡
我为你划出来一片沙滩，几颗椰子树高高的立着
依着海风而摆

你身上的流光成了蓝色的兜帽大卫衣
大到你不需要任何其他衣服遮蔽，一条短裤便足以
剩下的交给衣摆来漫过
我在树荫下，同样的穿着短裤，懒得在你的面前再做更多的掩饰
胸膛上扣着半开着的书，蓝色的封面
枕着的双手稍微调高了一个角度，看你要做什么
你一边和我嬉笑着什么
右手伸出一只手指
与同样竖着的大拇指构成一个八字，随着你的高谈阔论和笑颜
一直摆着
一直到你斜坐在树阴下都没停
如果倦了
我便坐到那树下
和你一起抱着，不再分开
慢慢的，蓝深了，我们的身影便在深蓝中淡去，不再有意义
或许，或许
多年之后考古人员在深海挖掘
看到了两个指骨，不满地回望着打扰了多年宁静的来扰者
他们拿起来指骨
研究着说：
“为什么这两根看起来不像是同一个人的呀？”

首玖

只带一夜的干粮

我握了握笔，最后一次重重地和它告别
我要去远方的山上
只带一夜的干粮

屋内那苏北来的油灯舞着窈窕纤细的火苗
门外粗糙的茅草做的帘摆着，像是一位妻子大张开的手掌，
调动着全身所有的情丝，根根指尖都向着自己的丈夫
门口树下的井旁，立着的剑，也在探着寒芒够着我的影子
我们多少年深厚的友谊！
但是我什么都不能带
只带一夜的干粮

萨图恩的那黑色太阳停下来
扶着纯白色栏杆走来一个神情如月般冷漠的女子
她背着弓箭，头戴银冠，上面反射着我动荡的脸庞
“你不属于这里，”她判决道，并递过来判决书
我欣然接受，接过来，再咬住
狠狠的咬住，将其咬得薄如薄饼

我的通透是灵悟，我借此得以苟延残喘
但如今我要将其吐出来，摸着她
我就摸上了整个鹭起翻飞的星河
我就是那其中最为冰寒的月
钱江之上，我和无数个伙伴站立着
我们受了切割的分离后再于大地上融聚寒了这江
连这霜都不肯放过，要冻住了
我只有在隐匿了多少风寄过来的悄悄话之后才敢懈怠下来
于是才能拿起那薄冰
于是我带够了一夜的干粮

听闻烈日要来，田野中的所有风景
纷纷躲到了我的身后，打着颤儿
连大气都不敢喘
我顾不上安抚，只得先继续我的行程
扛起了无数重期翼，我肩上的背包
也变得如期翼一般深，变得如期翼一般沉
甚至还从期翼那里偷学来了唠叨
我做不到不厌其烦，于是将它丢给了麦子
在我的心里，我如期翼一样深的心里
只带了一夜的干粮

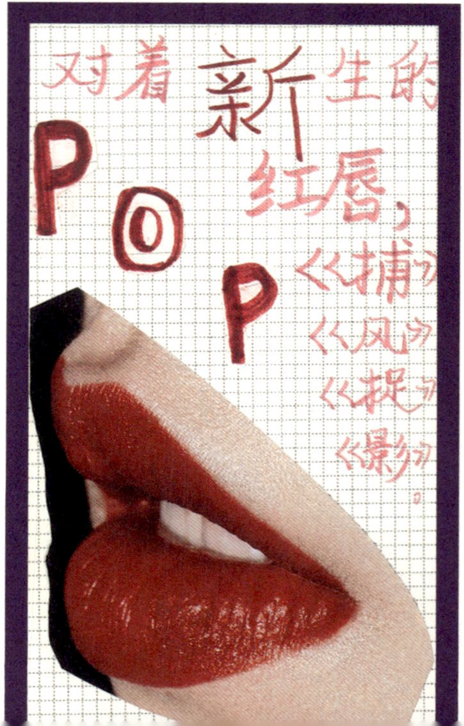

我上山，顶着暮雪问详了那苍山
在这样的夜里，寒意和狂意同在
我不想枉然渡过这一路
于是我融入地下，深深的地下
我昂着头进入，任凭自己埋入了洁白
我来山上，我来见你，我带着酿得上好的桃花
我不是游人，更不是来赏花的，但我只见你这一夜
下一夜即使再像，我都不会来
我愿你能够没收我的僵劲，给他一个安息
因为我只愿带一夜的干粮

首拾

我和我自己做了一个交易
我走入了那无尽的大海，见到了多年后的我自己
交谈了良久，他的知识体系、价值观都惊艳了我
“我想要和你一样的认知！”我不由得脱口而出
说罢又觉得似乎太过于直白
于是补了一句，
“我可以用任何东西来换。”
“好啊。”
他笑了起来
脸庞似乎又跟着他的心回到了那一场夏夜星空下：
“我要你的青春。”

首拾壹

只有长情人，才肯结绳记梦
你来时未经思量，却早已暗了那一众山山水水
偏要等你走了才肯青
文妙自妙了他的木石，子瞻有他的石鱼儿，你呢
那我囚住我的明，熬我成珠
戴上我照亮你面前的一尺罢
我太情愿要你为我活了
活我的泉眼，活我的僵死了的子，活我那谬兮若大醉松
那刻得发朱色的名字
名字，是
最美丽，最记忆
我全然不敢懈怠
握紧她在我的手心里一滩墨晕开

爬着吃了那嘴那唇
我从此无以言语
若你要走来
远远地如谜底一样的走来，那我
那我去收罗铺张，采摘下来的

所有的恰逢编织的一梦
你进来看得一亭，灰瓦砌成的亭
隔江就能望见里面的浓醇的梅酒香
我主槳，带你过江
摇篮般晃着的舟儿哟
却要过了那江
弃舟上山方可得那亭
那山上的寺后
那藏得深的亭住下，晨钟暮鼓，金鸣声在林间里荡着涟漪
溢入无数的双翼的缝隙之中
再有闲心者，赤岩下望，得一眼汪绿
长者言之乃山鬼巧工而成，状如半月，三季藏青，只为春来放
却是见不得雪，一下了雪便起波，翻起土面见人了
平常时却是碧玉般色，泉一旁的草药和茶泡出一样的颜色
多少朝代的少年卧在这一旁，多少抱负和诗情
放入泉里易与清凉来承
这样的山水里
这样的集所有高仰得到的美好聚成的亭寺那空弦待春风的
兴许是你吧

首拾贰

隔着切割了光影的玻璃
我看到了我自己
人异于其群为老
老而不死则为贼
老贼你好啊

首拾叁

头脑里的声音愈发强烈，再也无法忽视
只能先用咬牙来镇压，强烈地作出怪异地举动来掩盖它的存在
来转移那无数黑压压地枪口
走钢丝的小丑笑，于是我们都瞄准那滑稽而诡奇的脸
而不是那真正在支持着他的前行的脚
于是那小丑脸上开了朵花出来

那声音强烈，强烈
强烈到我无法转移到其他，到我无法分割出我来
到我无法把我的环境和它分开来
世界与它一体
这时我才极其愕然地回首，这个世界正应着其节奏失语地狂欢
热泪盈眶

囚着的年轻英俊帝王，借着那在铁栏杆缝隙中的手
向外递出着求救信
那皇帝逐渐呈金箔太阳、玫瑰一样无法让人直视的彩
发出去的信也逐渐透明金黄，浅浅一层的金黄，金黄的希望
恣意舞蹈飘洒于其上

那皇帝逐渐像了他向外界所宣传那样，严肃而不带有表情的太阳
征服了所有的光
古老金黄的金箔一般的太阳
铁笼逐渐金黄，最后小于太阳
每当被困的魔鬼所奏响的美妙逐渐在风里响起
当手指上的纹路印上了瘫着的圣书时
当他衣冠楚楚走向敌军肆意狂笑
低语道“这是神的旨意”时
那面无表情的天使就会起舞，他唱道：“古老是囚不住的。”
太阳出来了

我坐在高塔上，用我的影子垂钓着星星
我的影子离开了我的脚
自顾自地谢下来他的头，滑稽地鞠了一个躬，笑着说道：
“先生晚安。”

首 拾 肆

深蓝的海水，荡着波儿
镶着蓝宝石一般的星
少女如冰的眼眸，如桃一般的心
蒸煮炖熬，求而不囚，方得人间百味

在牙床上
残缺不全的躯体
躺在牙床上抱恙
少女摸着白壁 滑去
从深处向更深处
搂抱住夜，衣兜里，几颗海的结晶抖了进去
安宁，更安宁

多少千年的烹饪，那肉依旧是忧伤的
纹路是忧伤的，汁水吐露着肉的下面一层的不于言表的忧伤
不易言说的忧伤
醒来攫恰是嚼

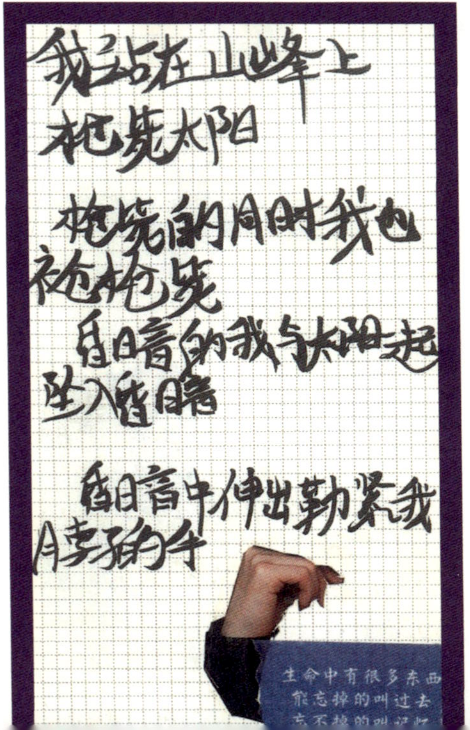

憨厚的脸庞已然作青
张牙舞爪的，大吐獠牙的
全是前朝的旧事了
大鼎被融了做玉佩
唯有少女敢偷跑出来

少女崩塌为水
在床的另一头摊开着
看深那水
敲开波澜
芳华伊人，宛在水中央

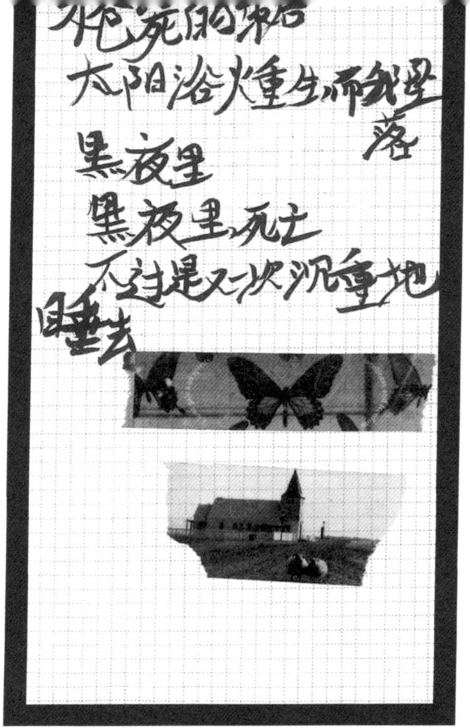

首拾伍

我是这片荒芜的皇帝
荒芜是荒芜

首拾陆

欢喜在一个照面里便将我冲翻，我只愿沉溺
想着那只贪嘴的嗜睡小猫，在它的耳后轻挠
午后的阳光照进来，在这个狂欢以至无法呼吸的身体上
在他院外沉沉翻晒饱湿月亮
晾干的月亮进了书里，在书里被饱满的文字包裹
越过了意义的山
再醒来，被打开的书带出，一个漂亮的圆白泡泡
掰了两半，一半放到信里寄去，一半蘸桂花酒
溢满在我的笔上，你一打开便会溢出来，乖乖地淌入你的杯中

首拾柒

天骑踏晓入梦来
邀月，邀七尺妖月
来佑轻筏

首拾捌

我也想将我的月亮沉进爱河
我也想将我的月亮沉进漂亮的爱河

首拾玖

夜里翻来覆去不能入梦
于是从相册里抽出月亮来搭在衣架上
上了夹子以防滑落
月被薄薄一层雾笼着
光被疏影一幽帘割落
衣服轻轻敷上我
灵魂却孑然一身
于是羞愤地拽出来了一个身子卧着

首贰拾

给我爱情之火吧，因为我已全然开放于思想之冰

首贰拾壹

白色的月倒钉在天上
一片灰色的国度里
响起了红色的管风琴、绿色的钟

首贰拾贰

我们留下了对这个世界的思考，其他的我们一无所有
捡起遗留在前人身上仍在跳动的思考
咚，咚，咚

首贰拾叁

尽情鞭策我的坟墓吧！
那里早就空无一物

首贰拾肆

在一片沙漠里
长着玫瑰的左眼的，是月亮
长着杨柳的右眼的，是绿洲
长着玫瑰的左眼和杨柳的右眼的
是国王

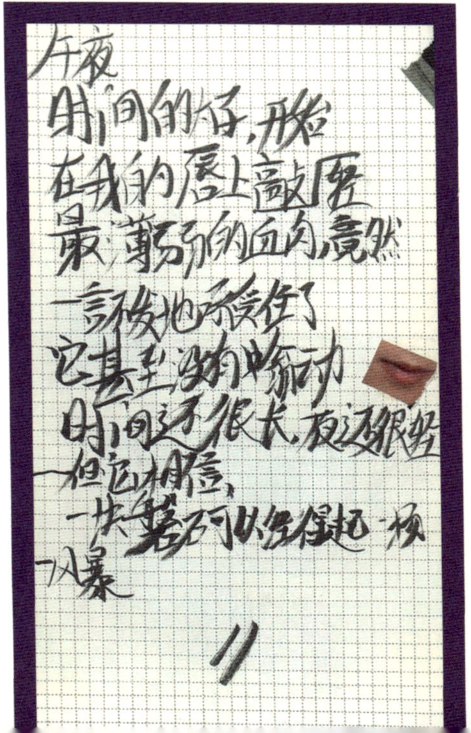

首贰拾伍

一只断手，来自民国的断手
摆放在我的桌子上
若是剥下皮做手套，就要把里面的血肉扔掉
就会想念，那曾经艺术品一样的模样
若是放在身边时刻看着，时常拿来抚摸自己的肌肤
就会想到这是一百年前用来抚摸别人的
就会浑身发寒，饭也难以下咽
终究是不如将它放生，放生回它自己的时代
让它做一个快乐又有意义
有意义又平常
平常又快乐的断手

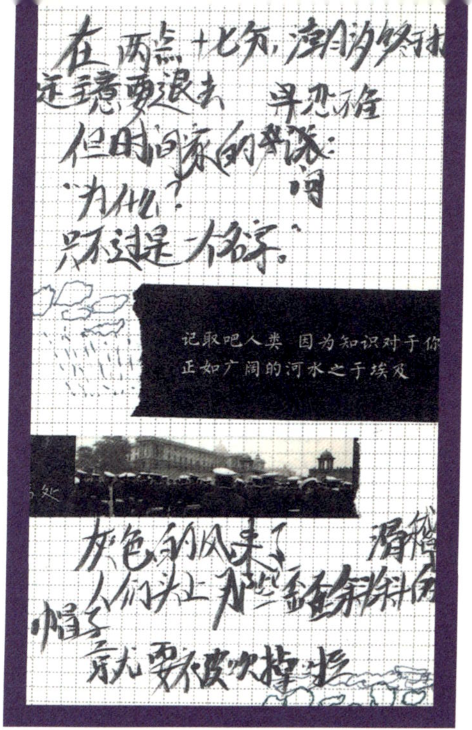

首贰拾陆

很简单的道理，人们就是不懂

穿不上的衣服，就要被扔掉
看过的书，就要被放起
折过的钱，无法被使用
做过的梦，就无法被忆起

过重的包裹，就要被放下
干涸的泉眼，就要被堵住
荒芜的土地，就无法被复苏
人们就是不懂
但道理很简单

很简单的道理
存在过的梦，就要被记忆和相片防腐保存
离去的人儿，就要被思念和爱来永生
看不见光的眼睛，就要被合上
无法思考的大脑，就要被陈列

无法聆听的耳朵，就要被抛弃
无法激出言语的喉咙，就要被沙哑
不愿生的灵魂，就要被死亡
很简单的道理，人们就是不愿懂

首贰拾柒

且放佳日去
换得故人来

首贰拾捌

抬起来音箱
播放月亮上的玫瑰园
将如锥的音乐凿向大脑
热烈的爱
我摸到了多年前那个迷茫的少年的梦的重量

首贰拾玖

去写作吧，让阅读自己
种下小小的骄傲
交给空旷的世界

首叁拾

麋鹿式的蚊子跪立在水的月面上
俯身亲吻、吸吮着那里
像是还剩下什么似的

首叁拾壹

如果给我一支烟，熏疼我的大脑
我就会看到我所期待的无力
然而无力，也并非彻底的无力
正如那句话
“对于这腐朽，我有大欢喜，我借此知道我并非空虚。”
我怎么才能够得到我的灵魂？
我将自己肢解，放在宇宙之间飘荡
没有意义的时间流逝，我的一切都会和我逐渐相遇
在时间这一乐章最后的泛音里，我抱着自己的身体
激动地亲吻着，留下寂静的泪水
瘫坐在沙发上后仰着头，大口叹着气
嗅上一支纤细的香烟，气吐得更大了，更无理了
我是无法接触到虚无的，然而我手里的这支，这支虚无的使者
我接着它可以在圣坛上倒吊着膜拜洁白的太阳
原始的宗教，原始的教徒，原始的信仰
我们都在遗失的伊甸园里奔驰
驾驶着自己的身体，做些不合理的疯狂事儿
好比双脚踩进同一条裤腿中
想像自己是哪个大家的毛笔，或者哪个大师的布偶

站在汽车顶上用自己的语系大喊大叫
像是从来没有进过语言这个囚牢的自然人
用所有买得到的烟来写字，字就漂浮在呛得可爱的雾里
我们都是不小心在一开始使用文字时就把它遗忘的粗心小孩
我和你躺在沙发上，一支又一支的烟交叠在一起
几乎垒得要比我对你的爱要高
我喂给你所有的烟雾，不带有任何目的的
我们抛弃了意义这个不讲道理的守财奴
让所有承载着哭泣的胶囊碾碎我们的理智
我只在你的梦里存活，在白色的草地上侧手翻
在地平线烹饪太阳，在霉雨天晾晒月亮
把我的大脑在你的爱意里浸洗、编成玫瑰花环戴在你的头上
灵魂的加冕
我们无力地躺在相邻的浴缸里，水漫过我们
用冰冷将我们封存在相机里，永远定格
但是我们正互相注视，是一种主体对一个可爱的客体的注视
我们彼此确认着，浪漫果真存在，灵魂果真存在
这就太够了

首叁拾贰

走在老旧的灯管照耀下的窄路上
风颇有些大
我伸着手，勾留一些树叶
徒劳，我知道的
我抬起手指，尝试勾勒，失败，手指放下
在这个过程中有一种奢侈藏在里面，奢侈得叫人惶恐
然而独个儿停下来去尝试捕捉，又不知道在哪里了
自己停下来去遐想，却完全销泯在风中
我惶恐，连忙抬起脚步继续跟着风走

我知道，我那么清楚地知道，路的尽头
不会还有一份美与爱留给我
但我偏偏贪图这一路上的美
于是我走上刑场，无人押送，无人执刑。我的自我告别
我一方面知道越向路的那边走，越接近无声
但我同时也知晓，靠近它，就是在靠近黎明
我爱黎明，胜过黄昏

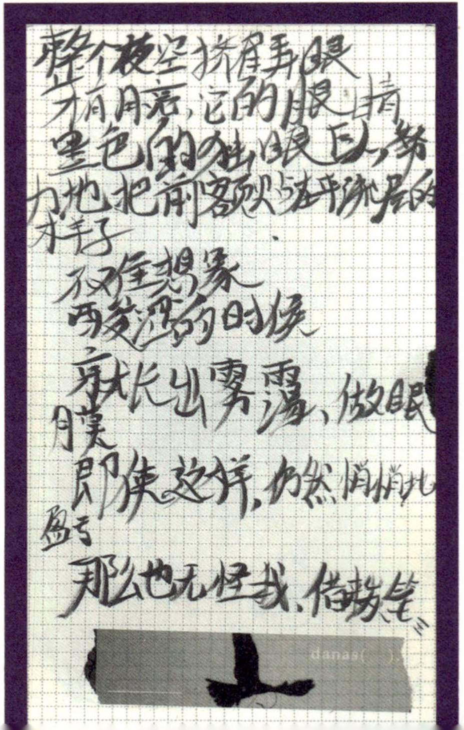

可这份爱也是扑空的
如果我在最大限度地丰富语言时被迫噤声
如果我在最有声时无声
我一面坦然又快乐地将自己交给它的大嘴咀嚼，
一方面又一厢情愿地幻想大嘴会在最后关头将它的咀嚼凝固
并为此赞颂了很多的声响
但我清楚啊

好在还有好心的理发师，给我打理这片思绪，再剪下
剪下来，做什么，我不知道。他的自由
但只要想着他有可能将这份发丝接到什么其他的人的头上
我得以延续
光是想着这份一厢情愿的可能
我这个愚钝的诗人，就愿意去笑着赴刑

月亮缺席了
好在有昏黄的灯光模拟那古老的注视
在它之下
有一部分的我走了出来
又有一部分的我走了回去

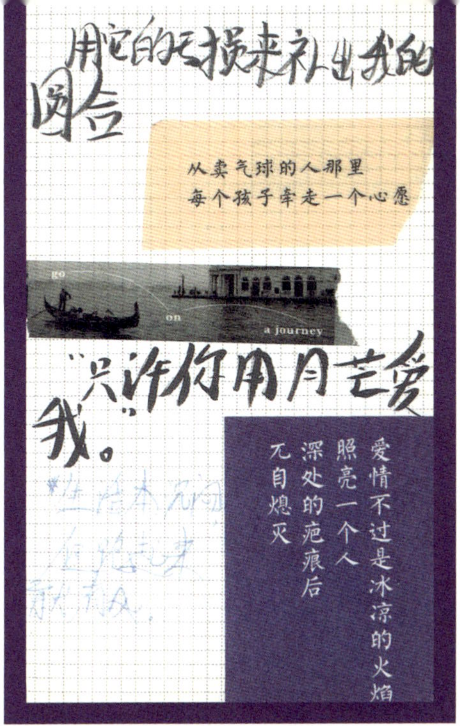

首叁拾叁

我把我的苦难碾成薄饼的形状
在月光下它受洗
成为月的信徒——银白
拖到如刀的黄昏中，以时间为单位，给它一道刻度的祝福
再回来，回我这里来
我举着它。独自邀约
“要共赴为旅人吗？”

首叁拾肆

在这片大地的海洋里，我这一座水质的孤岛，如雾似胧

首叁拾伍

天地轮转，月照人圆，佳星在天，魂兮归来
又迎三尺瑞雪，此良兆也

首叁拾陆

乱麻，乱码
如单，入半
疲倦，缱绻
半眯眼
用呼吸给怀念打拍子
怒其不争，怒其不睁
半个泡泡吐了又吞
在口中流连忘返
千里迢迢
但，断，半，换
在源头轻推
就涌出来了
夜幕包裹我的呜咽
心跳了十二下
姑娘和她的不趁脚的鞋子要走了
郎将不叹，仙才叹
叹，弹，谈，慢
紫雾，影子
迟来的回归

会有人取我走吗
人生这段遗言
要花一辈子讲完才好

首叁拾柒

把月亮浸在大地的海平线以下
期盼白色的鲸鱼破土而出
飞去

首叁拾捌

幼稚的诗

银河浩浩荡荡，走过夜空，他是真实的
银河下的你趟过我的心河，你是幻想的
我从来不清楚自己的心意，所以也只能眼睁睁地任由你胡闹
你调皮得很，提着裙子从上面走过，中间还要转几个圈
在河中央驻足，把手比出一个相框拍照，俏皮地笑了
临出河还要拿走我最漂亮的银鱼，一边把玩一边说
“我不知道什么心河呀。”
我还能怎么办，只能一脸无奈地任你去了
我总是以为，喜欢一个人，是要让这条河的一切都冠上了你的名，让你全部拥有了它
才能够算数
所以才这样来回往复，前后进退着，状若疯癫
你一向大方雅然，我也不好拾走了这份美好
从来不敢把你问详了
但又不甘于你给我的平等，我不希望得到你的一碗水端平
我不希望你在这里是你的尔雅，你的蒹葭你的芳华
我希望你是那个会哭会闹的小姑娘
我希望得到你，我希望你能像我渴望你一样渴望我，可笑吧？
后来我某一天突然悟到，要是我给了你我所有的爱河
那你和了我之后你还能占有什么？

那岂不是不负责？
我想，我把自己捋清楚了，能够去喜欢你了
就算没有，但我这心是真实的

你风流潇洒得很，做着一切让人开心的事
你是什么都不知道呢，还是什么都知道呢
你是要我疯啊
记住了，要是有一天我因情死了，你是要负全责的
你是那个骑马游城的状元郎，胸带红花，鲜衣怒马，春风得意
我是那个在小巷里看着你的贵门女，手攥刺绣，不谙情事
妄想着，只要我跨出门槛，走几步就是你
剩下的情节就是你我一并面对这个世界
哪有这么轻松的事情
你写你的《上林赋》，我呢，拼了命的绣花，企图让你看到我
怕是我绣出来一凤凰也是仅你手里的手巾罢了
你从来都看不上我的东西
星河留给了夜幕光亮
河流留给了山川云雨
时间留给了大地芳华
那么，聪明的，你告诉我，你留给了我些什么呢？
绣花罢？巧意罢？
青春，你纠正道

奋斗过，心动过，盛放过的青春

你自强得很，仅有绝世的你才看得上
但自己又不要求谁给你摘下来，只喜欢自己捋下袖子去取
你好歹也让我给你摘一下啊，好歹让我有一个讨厌你的理由啊
不要这样自己遍体鳞伤啊
我的轨迹便是你，就是你吸引我转着的
还有多远，才是你我相撞的时候？
还有多远，我才能够在幸福的火花中安息？
我该怎么，熄灭你我的眼泪，来一道春风吹拂？
我该怎么，让你知道，我待着你说出，“我拥有你”
我一方面在这里深陷，另一方面又止不住地想象和你以后的种种
捧着你的脸，捂热那下面跳动着的心，你我温度变得也相近
把你的手拥入怀，紧紧地拥住她，
抱着她，让她做我们之间的信物，两只大拇指对着盖章的那种
我会在现在的每一时分欢笑，因为每一时分我都在向你靠近
靠近你，靠近你的心，坚定地，确信地
我要做一个关于你的仲夏夜之梦
在里面，你大方地淌了我这河，头上别着新采来的杜鹃花
是你在这里无所不能的通行证
你曲折了你的手臂，过来挽我的衣袖
我也不觉得要有痛哭流涕的意思

只是笑着为你正了正头上那歪了的稻草帽
你拉我去前面，去那河的那岸，去你的稻田里玩
我们在田野里奔跑，跑累了就随意躺下
我把你埋到谷堆里，只露出来一个小小的头
或许那个被埋的是我呢
晚上，你教我哪边走是你的家，哪边走是我的家
哪边走是我们的家
对着星河说梦话，说一个远方有一个这一切都是梦的世界
我把这个梦采在我的篮子里，再带着竹子的清香送给你
你划过我的光景，一转眼便是流年
我只想做，在你摘了头彩以后
第一个捧着鲜花奉给你，第一个为你喝彩的人

我敢说我的情了，你呢？
躲在哪里不敢出声了吧
这一次，我可是坦荡着赢了你
奖品是把你刻在我的记忆里
我牵头，给你一支神奇的笔
让你能够书写我那铁打的曾经
你肆意吧，改变任何你想要改变的
我遇见你之后才意识到，我的一切美好都是为了你而储藏的
都拿出来供你挑选罢

此时不用，更待何时
你去给我书写一个，在山顶上呼唤着自己恋人的曾经
我要穿梭了时间的缝隙，活在那个你给我写出来的过去
在那里慢慢等着衰老的来临，等着时间在我身上应了真
分辨不出东西南北，四季变化
这样我就可以指着我的白发，笑着对你说
“你看，我可是真的沉溺过了。”
你我的距离只有指尖大小，却是谁设的万丈高的墙
你让我怎么做那个飞跃的疯人？
那就在墙这头陪着你罢
看你欢乐，看你长大，看你娶嫁
看你从小女孩变成老太太
再来笑你，让你不听我这老人言
我们又不一定非得临着窗坐下才算一路过
我就在你的身后，你摆摆手我就能看到的身后
这么和你平行，也是一路
你究竟要我成为多么长，多么复杂的公式
才能向你证明你并不孤寂？
我陪着你

你耐着性子听我说完了，还问了一句：“说完啦？”
我点了点头

你靠得近了些，呼吸可闻
踮起脚尖揉上了我的脑袋，说：
“让我等了好久”
“欢迎回家。”

首叁拾玖

瓤如灯下月
瓜入月下灯

首肆拾

有一佳人，执伞立于岸旁
忘了为什么要来，忘了今天还要做什么，忘了东南西北
沉醉在这份美好之中
在这份细雨绵绵里
她在岸边的草地上独自站着
从伞里探出捻化了雨的手
抬了抬，冷清

她也许在白石桥上坐下
望着江面上的孤零
是该在湖心亭独自待着的
抚上桥头的石狮，把雨滴汇聚到手尖上
打着旋地揉进狮子头里
撑着伞的右手这时便可以歇息，把伞立在桥头
打开一本蓝色的竖着排版的古籍
吟一句“凤凰鸣矣，于彼高冈。梧桐生矣，于彼朝阳。”

她也许坐在乌篷船中
在雾里行着她的扁舟一叶

左右手倒着长篙
头上戴着一个有着黑色面纱的斗笠
腰间配一把宝剑，寒锋暗藏
一身的黑蓝色的大氅，留着用发簪盘起来的长发
说不定在一半处累了，便放下篙歇一歇
抱膝而坐，双膝之间狭小的缝隙也被其中的宝剑所阻挡
也许还要在腿上小憩一会儿，面色也只有现在才能放松
绷紧的眉慢慢的松下来
平时掩盖情绪多了反而变得极端
人前冷清
人后的中夜，点着彻夜的香
红着眼睛去望家背靠着的山
等着山的那头
等那流不回来的无定河
嘴中支离破碎地唱着以前和相公一起乘舟夜游时唱的民歌
“霞落遥山黯淡烟，残香空扑采莲船。
晚凉新月郎归去天上人间未许圆。”
这不守时的负心郎，红了她几回眉！

她也许在白色的街坊里穿梭着
叩在街头的木扉之上，或者只是抚摸那历史的褶皱
油纸伞挽着她一并，漫步着，漫步着

走到一处空旷一些的巷口，她心里生了趣意
手里将伞向空中高处转去，伞在空中转着停了一秒
她刚好走过，将伞拉回自己的身旁
在堤边，种着些许柳槐
拍散了缠绵的春风，让他们前进
倒是苦了路旁一些茉莉，在风里摇曳着
似乎是在犹豫究竟哪边该分得更多花香
姑娘把手一伸，邀了茉莉的枝头过来
面色柔柔的尝了一口，花瓣和花香滑到了身体深处
她高兴了，把伞向下了几个角度
远远只能看到她的唇齿，相依而绽
沁人心脾

她也许在朱红的戏台之上
一个湖蓝色的冠，一身浅蓝色的戏服，水袖可舞
手执一碧蓝的纱扇，出神入化
一会儿显了几个翻滚的波涛，一会儿又作飞转而过的时光
配着她嘴上咬着的长绫，让人见了心头为之一颤
扇子舞过她的脸，遮住，她故意一顿
再露出时脸上已然带了一种含笑的轻嗔
似是怪人不早些来寻自己
只叫人情痴

每一步便是一顿，再一跨才起，如生莲
一种自信，怜爱和柔韧在她的身边晕开
最后仰坐在台前，用扇子先是盖住自己的面，再坐起身来
把扇子从头顶挪下，遮着下半张脸
一双大眼睛闪着淡了的笑意盈盈

或者，她不是任何这些
只是江南的烟雨的一部分
那又如何？为了她，我可以是散文家，征夫，翻译家，筝者
她只需要存在，婉转我的婉转
年年岁岁聚戚切，岁岁年年月识人

首肆拾壹

戴上花色的西瓜帽
折柳三枝作遗世宝剑
在树上画格子，给夏夜里的蚂蚱
追着卖冰激凌的三轮车跑
剪下来窗帘，做英雄的披肩
在路牙上尝试平衡站立
一些歌谣，再唱
攥紧竹蜻蜓
去田园里
关注大地和星星
我们站在山坡上大喊：
“我们是小孩了！我们是小孩了！我们是小孩了！”

首肆拾贰

我不喜欢我
我只是工作

首肆拾叁

你走吧
我会照顾好你的影子
他在我身边永远坐下

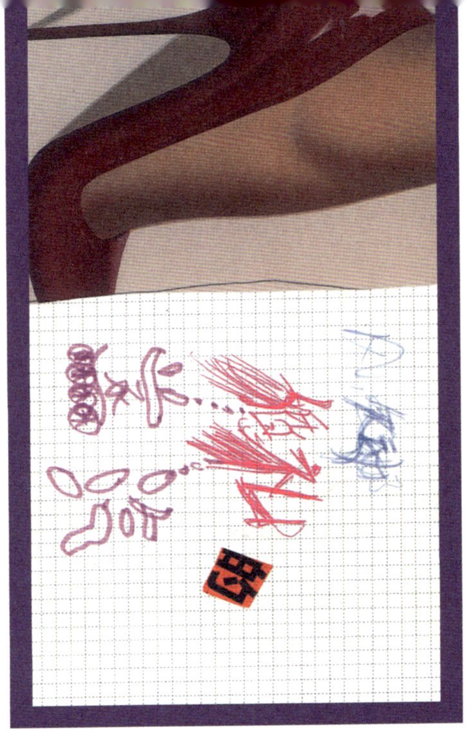

首肆拾肆

每个旅客在头沉入湖中的时候
手就会举起一盏灯
任凭风吹雨打不会倒下

首肆拾伍

影子无限向下拉长，如同黑色的兜网
而身子负责创造影子

首肆拾陆

我的音乐缠绵
渐渐
我的灵魂模糊
模糊成穹顶
只供夜晚出没的我自己

首肆拾柒

她在我的心上轻荡
用你的影子吻我

首肆拾捌

我突然向内呕吐
眼睛突起，瞪着，喉咙拉得很长
它旋转
成细线一条
要从我身上所有的出口逃逸

首肆拾玖

我披星戴月，披星戴月
把黑夜当成白天
把天上飘着的黑色丝绸拉下来
只让光从小小的缝隙穿过

首伍拾

我坐在床上
把床坐焦

首伍拾壹

我从桥上跳下水去
很多个我从桥上跳下
鱼贯而入
仿佛回家

首伍拾贰

瓶瓶罐罐和笑容
这是一家小店
一阵风来
许多被吹到地上
他手忙脚乱
感觉到耻辱

首伍拾叁

骨头
你根本不配拥有我的灵魂
你是一块儿没用的沉积岩
把你的手拿开
让我一个人静一静

首伍拾肆

当我死后，我会缩小
变成一粒细小的尘埃
65 万个小时里，我
一万次见你
即使现在距离更近
即使现在路更广
即使现在，路

首伍拾伍

我是目击者
月亮是凶手
太阳被月亮吻落
我见证，出席了
太阳的葬礼

首伍拾陆

春天来了
蒸汽火车行驶在铁轨上
那是我的大脚
哐当又哐当
我慢慢走

首伍拾柒

煤燃在一侧
蒸汽
却从另一侧出现

首伍拾捌

春天，你是绿色的新娘
风，你是赫尔墨斯的手杖
火车，你是琐罗亚斯德的天桥
眼睛，你是太阳出生的大海

花，你是春的红裙
雨，你是天空欢喜的眼泪
额头，你是亲吻的先兆
爱，你是死海的蜜浪

我在春天的蜜浪里
孤独的行吟

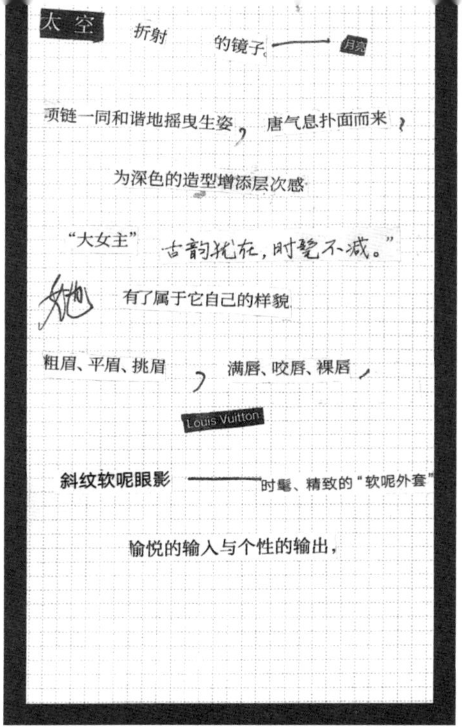
太空
折射
的镜子
项链一同和谐地摇曳生姿
唐气息扑面而来
为深色的造型增添层次感
“大女主”
古韵犹在，时髦不减。”
她
有了属于它自己的样貌
粗眉、平眉、挑眉
满唇、咬唇、裸唇
Louis Vuitton
斜纹软呢眼影
时髦、精致的“软呢外套”
愉悦的输入与个性的输出，

首伍拾玖

予你一摆纤纤，予你全貌
予你匆匆忙忙地忙碌
予你参天地的通悟
予你苍劲的古朴
予你对淤泥不屑一顾
予你倾怀向谢天下权贵富人
予你长在心和泪腺里的兼毫
予你陈旧里翻出的新潮
予你离如不曾离
予你三杯跌宕过的汾酒
予你激起来的女儿红
予你一夜光阴虚了荏苒
予你满座虚席皆琳琅
予你晕开的红尘和写好的世故
予你望不到边的风景
予你呐喊的彷徨
予你嗜火的野草
予你一声叹息啊，我的朋友
予你一份痴醉愚钝，曰：“王孙兮归来，山中兮不可久留。”

首陆拾

他包裹在黑色的丝绸里，像是夜的使者，敲响了太阳的大门

首陆拾壹

常常望天空，
把自己放回宇宙的熔炉，把自己还给物质

首陆拾贰

在这片大地的海洋里，我这一座水质的孤岛，如雾似胧

首陆拾叁

天地轮盘转，月照人圆，佳星在天，魂兮归来
又迎三尺瑞雪，此良兆也

首陆拾肆

时间从身体里流失
我只是躺着
从羊水到墓碑

首陆拾伍

我等你的灯
无论多么漆黑的夜
黑夜，黑夜
女神妈妈，我想
我会等到他

首陆拾陆

黑色的石油在地上
像美人的背
星星是背上的纹身

后半夜，石油喷出
在高空，像是
恰好最脏的那块
映出最好看的月亮

太阳打在石油上
石油在地上
货币碰撞出声音
感到耻辱

首陆拾柒

我的眼里转开，转开几朵娇嫩的花
源源不断地汲取我的眼睛
即使分别，我也要再好好的看你一眼
就分开，就分开吧
手指触碰再分开，烟花在背后升起

我撞到我的头顶的时候，我是摩西的手杖
独眼巨人从头顶开始苏醒

首陆拾捌

你怎么就不明白！
假如你手心向我摊开
我就变成水，变成波
变成最肮脏的淤泥

首陆拾玖

梅花开了
你吻了我
这样我心里就有了两个春天

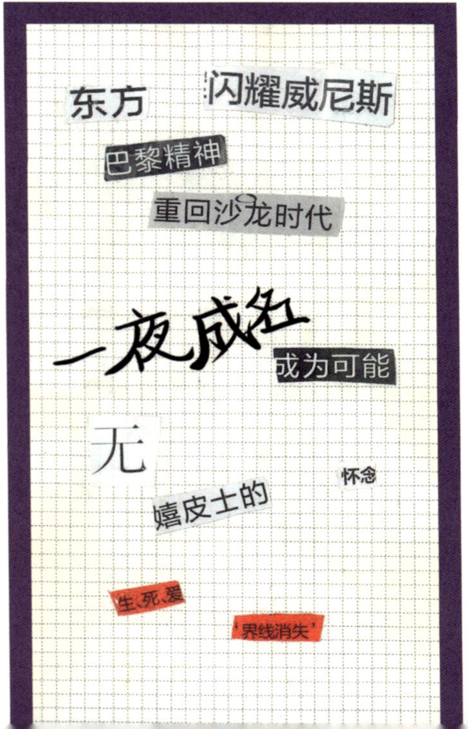

首柒拾

那天悠闲了，在街上走着
那年我也才 16 岁吧，所谓的花雨季
皓月当空，灯火璀璨为我开路
风在面上吹着，有些许冷意，不过无妨
搓了搓手，暖意只存了五分钟左右
不过已经足以让我的心有一个初速度了，让他转起来
转起来，想想平时不怎么敢想的
脖上的围巾还在努力的拥着我，尽管我已不怎么需要了
想着，她会不会冷呢？她需不需要一条围巾呢？
要不给她送一趟吧
于是就买了火车票，到了她的城市
叫她下来，下来我们坐坐，她点头了
找来了两个凳子，坐下
我在枫树下坐着，她在一旁的柳树下坐着
她穿着一个黑色的外套，眼睛有些睡眼惺忪的意思了
但仍是戴上了眼镜
我穿着什么，无所谓了，记不太清了
我们坐着，时不时有听到搓手的声音
坐了一会儿，把我的围巾摘下来，给她戴上，系住了

和她说了一声，别冷着。就走了
到火车站的时，基本上刚好，赶上了早晨第一趟火车
她没有送我到火车那里，只是在我走的时候挥了挥手
我也给她挥了回去

多年以后，我下了班，回家
路过了那条小巷，还是冷清的样子。又刚好在晚上，里面都没个人
自己坐下了，拖了外套，坐下了
突然想起不知道什么时候之前的事
那晚上，那围巾，和那柳树下的女孩子
你打了电话过来，我就在这里接
你说你来了。我看到你来了，坐到了我的身边
聊聊以前的故事
那时的我完全不敢说爱，总认为那是一辈子的事情
那还能说什么呢？那还能做什么呢？
好像也只能去找你，给你一条围巾
有了那一刻，亲手递给你围巾
看时间和时运是怎样把我们两个聚在这小巷深处的
没有早任何一点，没有晚任何一点
早了，我就没有到。晚了，我就得踏上我的归途
时间刚好够我把我的围巾给你，说那么一句话
有那样一刻就足以了

有那么一个能够永远的一刻，有那么一个成熟了的时刻，就够了
这时也一样
你把你的围巾从脖上解下，挂在我的脖子上
和我说，“别冷着了。”
是啊，前面挺冷的，别冷着了
我把我的故事都讲给你听

首柒拾壹

你从南国来
你有傲气，我有少年
做交换吧，代价是今年的春天

首柒拾贰

我不会写山，写海，写宫殿
但我的每一个字符都寻自两对唇瓣
让我日日夜夜吻你，就吻你吧

首柒拾叁

我有最洁白的双手
左手有你，右手有山和大海
双手环抱，在我的胸前，这就是我爱的全集

首柒拾肆

在太阳被偷窃后
我用手拍击大海
一夜行舟

首柒拾伍

如果世界混乱不堪
你是否还愿意把一只猪的声音听详?

首柒拾陆

纺锤丝沿着我的脊椎骨一路敲敲打打
随着最后的一声叹息
我顺着黑夜的纹理
轻而易举地被打开

首柒拾柒

金属佩戴在这个小孩的身上
极不合理地
凸显着生命的存在

首柒拾捌

工地里的工人在地上描摹着太阳的边界
用自己年轻的脊骨
而黎明前，月亮会把它们轻轻擦去

早晨，工人们接踵而至
在大锅饭里面捞自己的工资
只有这个时候，他们才会虔诚地感谢起晚上的圆圈

腋窝下面的汗汁，是混泥土的原料
是聚酯漆与硝基漆
味道标记整栋大楼

楼里面有建一口大钟
钟里面要放上一盆茉莉
这是这行的规矩

工人里面一个人和我偷偷讲
钢筋里面哪一条是北京来的，哪一条是来自海南
他的话我十分信服

每个工楼建好以后
工人们都要用自己的指纹在墙基上刻下自己的名字
就像是母亲亲眼看着自己的孩子被领养走

消费永无止尽，而生产遥遥无期
但这群工人不信一切谣言
他们手是铁锤，眼是滚木，背是钢筋

汗液是夏天，铁锤与火

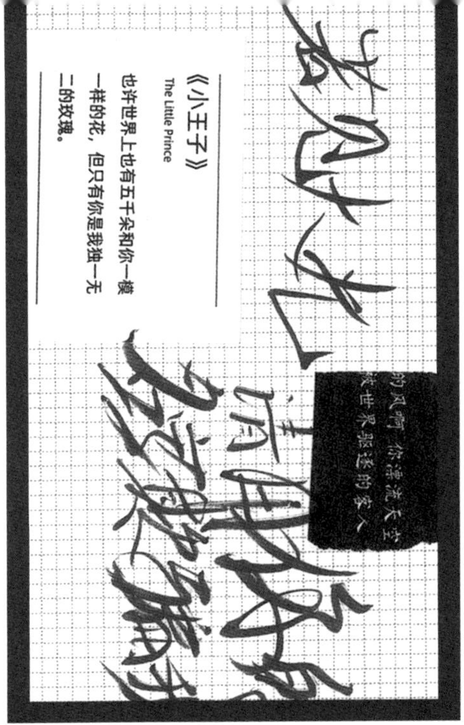
《小王子》
The Little Prince
也许世界上也有五千朵和你一模一样的花，但只有你是我独一无二的玫瑰。
的风啊 你漂流天空
被世界驱逐的客人

首柒拾玖

拨开一层大脑里像帘子一样的肉膜
新娘带着金色怀表进来
我用木枝支住肉帘
这就是一个家的诞生

首捌拾

死于现实的诗人
比被虫子咬断的花柳还让人可悲

首捌拾壹

窗外列缺霹雳，龙虎争风
窗内纷纷扰扰，分毫必争
我和你，今夜
无关于窗外，也无关于窗内

首捌拾贰

且吟且唱，且唱且行，且行且吟

首捌拾叁

四季女神共聚在黑色的教堂里
皇帝坐在教皇座上，戴着歪着的巫师帽
一切时间般寂静
皇帝站了起来，打破禁令者
他庄严律令
变化！
于是所有女神欢呼着，打着旋儿地蜂拥而出
连黑白照片都拥有了色彩
万物真实

首捌拾肆

我是牛，在金黄色的农田里
和我的农民一起汗津津
我的一根骨头随着背上的犁一起断裂
我大声吼叫，在农民愤怒地用他的鞭子抽打我之后

我是羊，在广阔的草原上、蓝天下
不咬人或者馋肉，我食草
我软软地咩咩叫，在马背上的人挤着我的奶时
他用我叔叔的皮肤装下我的奶

我是猪，在泥泞的圈旁
没有见过一首我的名字的诗
我拼命进食，直到几近呕吐
我要被砍头，不要紧，下个月

把我抓住吧
我不会反抗你
祭给明年的春猎

首捌拾伍

婚礼是风
那么爱情就是十一月份的麋鹿
风来了
麋鹿便放下水草
开始相爱
婚礼便恰到好处地
订在十二月

首捌拾陆

午夜
时间的太子，开始
在我的唇上轻敲
最薄弱的血肉，竟然
一言不发地承受住了
它甚至没有翕动
时间还很长，夜还很轻，但它相信
一块磐石可以经得起一场风暴

在两点十七分，潮汐终于打定主意要退去
但时间说：
为什么？
只不过是一个名字

首捌拾柒

给我山，海，给我一望无际的月
给我流不尽的眼泪和宝石般的眼
给我大手笔的消费，给我钞票的支出和旋转的舞会
给我狂欢，给我杀死自己儿子的手
给我伯爵夫人的眼泪和她手上的蕾丝边

再给我绯红的夜吧！给我火车轰鸣后的月台
给我没有宁静的晚夜
给我安详的故乡、少年，给我不夜月
给我归去如来临，给我爱情的消费
给我临门一脚的摇晃残月，给我湖面的冷光，给我阿耳忒弥斯
给我她冰冷的铁

给我母亲的回归吧！
我侈有星星上面的月

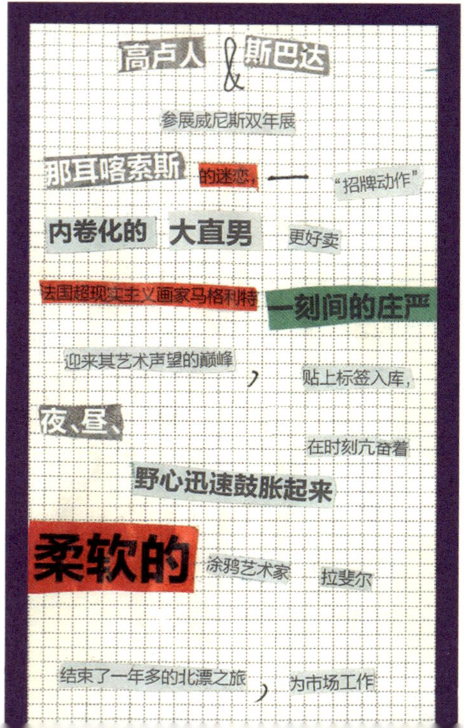

首捌拾捌

绿皮沙发

黑色的皮肤，滑进绿色的酒馆
一场象牙革命，迫在眉睫
能够燃起白宫的铜离子火，就要在这里发生

砰，砰，子弹，或者心跳
以羊皮纸为父，绿色墨水为母
白色的手握住黑色的手，一场基督在这里发生
无与伦比的钢琴，和跳跃的酒吧
黑色的音符和琴谱，黑色的人
绿皮沙发见证这一切

882 街 7 号房，行李， 你有权占有我
黑色的哭泣发生在绿色的酒瓶后
黑色的皮肤，却拥有更白的骨
什么能够停止一个黑色男人的哭泣?
请你告诉我，绿皮肤的佛罗里达沙发!

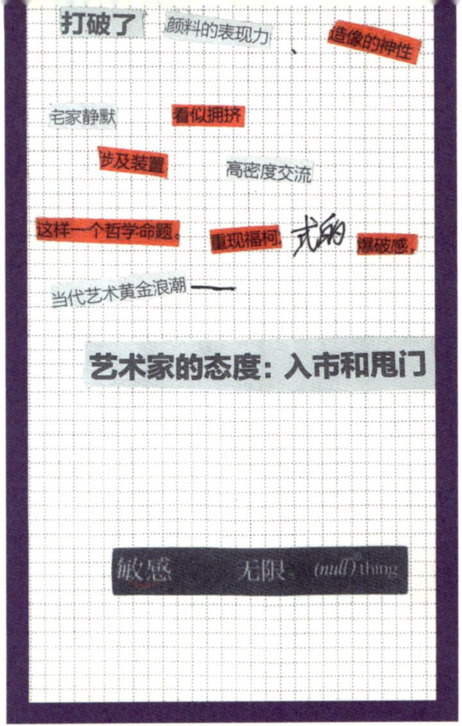

首 捌 拾 玖

一

被半打开的水果旁插着彻夜的烟
是谁屈向了悲欢
夜和月
男人在这里把牢底坐穿

二

吉他走遍大街小巷
把骨灰当松香抹在琴弦上
你就能充分抚摸我的身体
唱我们的故事，直到嗓子里的弦走调

三

男人依偎
有人拒绝在地上歌舞升平
月亮口对接火箭
再喷出浓厚的薄

首玖拾

先是眼睛，慢慢从眼眶里滑出来
There goes 你的视觉世界
然后是你的鼻子，鼻子不久就在你的视觉世界崩塌后沦陷
There goes 你的世界的大半江山
接着是你的耳朵，两片硕大的芭蕉叶
啪嗒两下变成滴在地上的水滴
你的脑子
接着成为不再有任何用处的干草堆
手指也跟着齐根落下
像从来没有用过的白葱滚走
这个时候你已然不像任何时期的人类
但你仍然生存
直到你的嗓音也离你而去
变成锈迹斑斑的风铃
你看，你就是这样死的

首玖拾壹

你听到了我的声音了吗，大海！
昨天的梦被海底的蓝搅得粉碎
即使紫色的梦才刚刚开始抽芽
即使梦里的爱人正青春
风暴潮来了
我的呐喊滴进海深处

你听见我的声音了吗，大海！
珊瑚、刺豚和沉默的泰坦尼克
沉没的亚特兰蒂斯沉默
我不愿沉默
戳破沉默的泡泡
就能听到一座城市的历史

你听见我的声音了吗，大海！
庞贝被火吞没，于是你就吞没亚特兰蒂斯
敦煌被风吞没，于是你就吞没亚特兰蒂斯
男人被爱吞没，于是你就吞没亚特兰蒂斯
你吞没陆地上的雨，你吞没天空中的鹰

你却不愿吞没我这没用的尸体
大海，你这个糟糕的父亲！

你听见我的声音了吗，大海？
越过母亲，大地的孩子向父亲走去
海草扯去我的膜，雨水扯开我的脏器
没有一个是能让我离开父亲的
海边，你那庶出的孩子走在海崖上
我大喊，我要你迟来的 18 年的认养

你听见我的声音了吗，你听到了吧，大海？
还给我被囚禁在海底的弟弟
还给我被拿来换取船帆的声音
拿着我失去所有的来找我
我就在世界正中

你听了我的声音，大海？
我没有思念与乡愁
没有半夜四点的眼泪
父亲，带我走吧
我会给你做早上七点半的三明治
这是说定了的
不信就去看我尸骨里的印记

首玖拾贰

一个臃肿的诗人来到江岸上
不是时候，已是残花败柳
但他站在江上

雨绵绵，风瑟瑟
看如镜江河
他想到了故乡
他想到了故乡，沉默了许久
沉默了许久，奖励是他的故乡

终于，他打破了这沉默
他开口讲了许久，关于他的故乡，对着江
最后，他轻轻地叹气
江天荡漾

宽衣解带，他
脱掉了他换来的荣华富贵
哗地一声滑入水的他眼都不眨

他脱掉了很多
梦想
才华
热血
足痂
高歌
长剑
一肚子美酒
和他的国家
脱掉了白鹿青崖
和如洗月牙
就这样，他脱得什么都不剩下
除了青春年华
这时他白衣，青冠
健硕，月入双眼
一把锋锐的长剑垂在江上
他能吟
他一字不说

他又叹气
一步迈进赣江里
那江从善如流呀，断开，只留一片水潭给他犰靴

他朗声笑去，白色的身影染进了水
此次一别，再难相见

就这样
一个骄傲的少年奔向一片江月

那江想好了
它要决堤，就在今夜

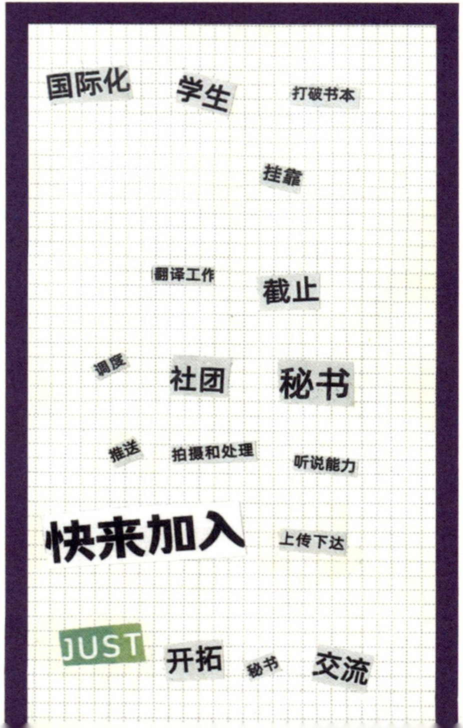

首玖拾叁

凶巴巴的语言交锋，一个一个争着掉落地上
像一个机关枪的弹壳落在地上
做功，地板滚烫
好在有蓝色的瞳孔，映在里面
也会慢慢降温

语音是线，毛绒绒地散在脚边
音细成线
轻轻拨动就能听到里面水甸甸的声音
两人各执一端，拉紧了
合适的频率和强度
心就动，爱就动
无论多远，听清

语气质地均匀，但受热不均
刚刚吵过的部分发热，但放上一个夜晚就变冷
热的飘在风、云里，冷的受重，下沉
一不小心掉在地板上，又发热
如此循环

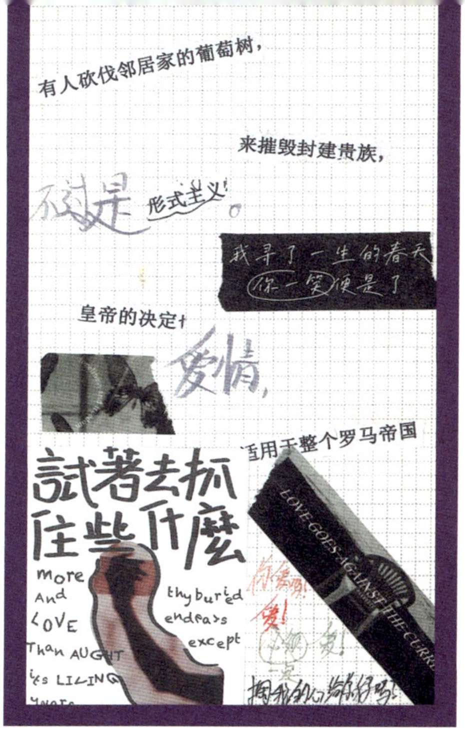

风乱吹，气随便升降
把人吹乱了

住在语境里的，是语言
住在夜里的，是月亮
住在爱里的，是我
你打开的心脏，是我珍视的家

白天，夜晚的时候
月亮悄悄地见证
每一次的上升和下沉
是月光啊，那个愿意见证的

今夜月亮最满的时候
要放下所有的语言和声音
今夜，我们停战吧

首玖拾肆

Midnight,
walking along the street like a floating bat in the sky
What staggered me, the gray grave of mine
Went through me, those big letters
Thee leaving nothing aside
Apart from the green haze remained in my eyes
Aside, aline, whatever pass by
But the lady in blue could arose my mind
Everything in the new world, please
Come to me night by night
Once at a time

译文

午夜，独行于街，一如浮空之蝠
惊彻我的，吾之灰墓
贯通我的，巨大字母
你置我于空地
空留绿芒于瞳
除此之外的，独自成线的，什么路过都罢
来者一人——那着蓝的女士漫步过我的脑
恳请所有在新世界的
夜夜寻我
一次一位

首玖拾伍

两个人，你，我
我们之间隔了一层粘稠的膜
它密，粘性大，手探进去沉得发疼
这膜实是伪膜，是你我间最后一点距离的异变
前进是不可能的，是不可能的
我们之间，这层可悲的空间

恍惚间，膜偷偷地生长了，更稠，更密
连话语通过都要手脚并用
谁来救救我，谁来教我断舍离
退一步，我试过，只是徒增距离，这里没有交换律
没有从前，我们的友谊一去不复返
从前死在了从前
我手足无措

当我发现“结构”和“公式”可以挑开它时
名为“套路”的长矛在我嘴里已经长好了
常见的，百试不爽的
我挑开了膜

然而它附着在长矛上了，坠着
甩不掉，逃不开
这是你的长衣啊
无论甩在哪里，你的长衣永恒存在
赤裸的你和距离，我二选一

你啊你，简直混蛋。

首玖拾陆

打火机，草莓与热烈的爱
并不是每一个
都能占据情郎的心房

首玖拾柒

嘿！美丽的
快来，我一随性
我已向你打开，89%
我们的情爱已上专线
迫不及待，想在这场春雨逆向起程

再没有什么学校，什么大海
什么忧郁阻挡我们
是的，我曾熄火
但我发誓不再
该死的，就让星月来说服你吗！
让火箭的轰鸣和肾上腺素
拜托，宇宙欸！

如果我的小店兜售星辰
我可不可以标价一吻？

首玖拾捌

早上起床，看到太阳
看到咖啡就看到你
就看到我殷红的归宿
我只有在你呼吸裹着的时候才能呼吸
嘿！给我点回应吧！我已经想你想得形单影只
别在田里跑了，和我聊聊吧
我会和你谈谈美丽的你自己
你的每一句话都在我的魂上，洗涤不去

想你很苦，见你却很简单
召唤你只需三根细纹烟，五罐啤酒，一晚宿醉
右右左右左
我想，咬你的肌肤，一定像禁果
禁果是你，蛇亦是你
只要一口，就可以逃离无趣的伊甸园
缠绵致死，一劳永逸

我发誓，我会在你入睡前
描摹一遍你的轮廓

会准时滑入你的臂弯
会准时摩擦我们的肌肤
准时带你去最大的田野里你追我赶
准时读给你风车的故事
我罪孽深重，但只要你一句
我愿意去死
我是你快乐的海伦

临晨一点，我仍在爱你
我的爱将陪我度过今夜
谁敢说我孤独？

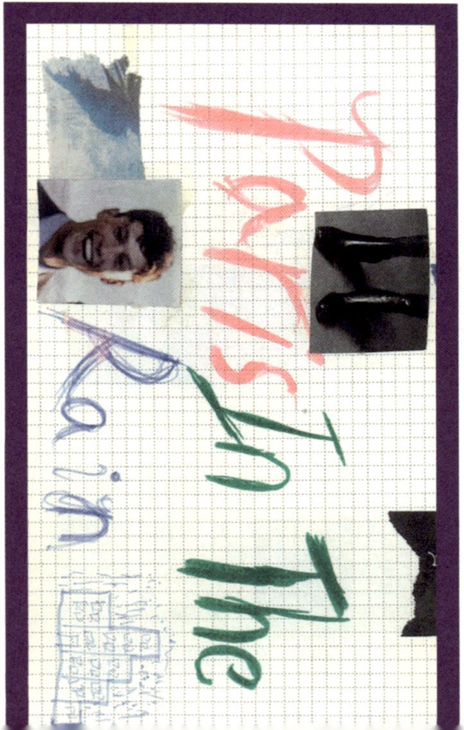

首玖拾玖

诗腔

我一刀切入他的皮肤
这是个年迈却又年轻的诗人
他挥挥手示意我继续
我是一名医师，这是合理的
我于是执笔如刀，他的皮肤温顺地顺着墨线展开

很快，切到一个腔室的位置，我顿笔
墨线在它周围晕开
此笔来自一位喜鱼的画师，笔端尽是腥味
腔里传来士人的骚味
远处佳人执目看他，发如瀑，梅子味正浓
三者合，一股梅子酒味扑鼻
他喉头动了动，看向佳人
后来君子谓他有言，小人谓他有意
我知道，他渴
墨将笔尖润聚了，如刃
他看向佳人，腔发紫
我深吸一口气，运指，笔落脊骨

后来我才知道，文腔在心，武腔在腹，诗腔在骨
我小心地刮去上面的杂质
不忿，失意，冤怨和三尺的落俗尘
剩下的很多，我用劲把它们戳破
一一从指肚和唇间泄去，他止不住地咳嗽
房子里满是墨团，我与那佳人一并通了风
转头再看，男人原本少年风发的脸已然花白
他谢过我，又深深地看了眼佳人，一斗笠一剑地走了
他走了之后，座位上，我目睹
一只肚吸得通圆地蚊子顺风而起

后来听人说，男人死了
就在江边的青山里，就在那天
他立了嘱，无冢无碑
我们只好对着江梅倒酒
他老了，但我们得幸年轻了些许
不过有一天我枕在他的稿上睡
梦见江梅旁一颗月亮顶着浩日升起
我看了一眼
揽月入怀

首壹佰

罪之虞美人

巧目倩兮
美目盼兮
心之不羁兮
罪之虞美人

饕之若国
餮之若不嗔
巴蛇之于巨象兮
罪之虞美人

初我来之兮，草芥
今我离之兮，芳菲
凡世留我之不及兮
罪之虞美人

春水之赠我者柳
夏日之赠我者不可追
秋叶之赠我者乡之念
冬风之夺我者三

时之自有其序兮
竟周容以为度
君子知别之不可有逆兮
何踟蹰之不肯渡

怨家妇之容不兮
何盼美人于佳木
怨琴瑟之不合鸣兮
何堕美人之于嫠妇

青烟生于庭宴兮
锁美人于铜柱
酒染紫绸至翻烂兮
泪沾青衫之前襟
骄阳之不复升兮
罪之虞美人

首壹佰零壹

我
空有爱的器官
枉有一颗好心
因此我将它寄出
请允许一个固定的心的远洋

Poetry out loud
念诵先人之言
上下牙关打架，舌头滑上滑下
谎言，是缠绕在舌尖儿上的发丝
语言和动作
磕头，谦称，请神请佛请仙人
爱，是一个人独自的蒙昧

我
等待一个羽白的爱人
共我言语，共我勾勒，共我毁灭
其实与其共感共灭，不如一场宏大的玉碎
我等待骨白身体

共我磨灭

琴弦间的缠绵
思绪缠绵
等待，是距离间的往返
闲暇，是寄宿在我发丝里的学生
在阳光的见证下
我是无法逃离的厚重漩涡

我
有一个翼类的爱人
他用羽翼裹我远航
那里，有等待我们的稚鹰
妈妈，我要回家了

我
在苍茫的大地
两手空空地行吟

首壹佰零贰

她爱我，那个希伯来女郎
她在夏天里要用唇吻我
被我躲开

有的人要看我衣冠整整
有的人要看我一丝不挂
她不一样
她要看我打开的样子

“我愿意为你做任何事情”
她用赤红色的唇磨出这些字粉
我不信
我向来不信

“你要搞什么文学啊，不来找我啊？”
她轻声细语
我不
我把握着书、笔的手指攥得通红

人一开始都是缺了一块的，无论是谁
我是这样相信的
即使是太阳，也有丑陋的缺口
但畸形的卡西莫多，永远配不上埃斯梅拉达

“其实我们不用刻意来演爱人，来当母子吧”
她说
她在表白诶
我一个字说不出

“我下刀了？”
她轻飘飘地说
我的头发剪到一根不剩
她手起刀落，但她没有想到
我听得见她手上的颤抖
你就要来了吗，我的爱情，我的新生？

很多年后，我们会在德国的小巷见面
她好好睡一觉，我好好哭一宿
她的头发在黎明时又将是金色
她的唇在正午时又将是火红
她的心将还是那样爱我，就像一个希伯来女郎一样

首壹佰零叁

我独自驾着船
驶向北极星
驶向香料与港湾
驶向南国的外祖母

它驶向吨位与吃水线
驶向特洛伊与塞壬
驶向浓密的夜与浓密的胡子
驶向十四行诗

月亮是黑夜的眼睛
是象牙制的良心
没有被照亮的，是黑色的夜
黑色的战争，黑色的血

土地是原初的母亲与怀抱
而在漆黑的海里，母亲怀抱我
被淋湿的孤零零的哭号

我独自坐着船
沉默地走向北极星

首壹佰零肆

除非，你的身上有春天的味道
我和春之间，有一份历史的距离
我与春天离得太远
当初学习芥川先生
在生活中找寻一些浪漫的痕迹，全身心地投入
算是一场搏击吗？我与生活
但现在更宁愿把当初叫做“我和我生活的一场豪赌”
赌得豪迈，赌注更是大手笔——我的人生

然而最一开始的策略就是错误
至今还没能断言，究竟那场树的病情，是生活的刻意安排
还是本身一个美丽的意外
我从春的尾骨里，跌入残秋半截
更仿佛是一个美丽的童话
或者一场好梦
我一次又一次地梦到那里
炎热，蝉鸣，疏疏几缕树荫影，清波荡漾在天上，云将它反射，用那来吻我
但是，爱而不可及
我得了相思一场病
我握着照片，左右轻晃，照片便切换，在我之里与我之外
我之里时还好，我之外时就会和大气中的氢气摩擦，逐渐模糊
当我最终停止时，满把的照片已经只剩骨头一样白的底胶片
记忆已然全部气化
我失去了我的筹码
输！输！输！
我终于只剩青山一座
或者，只有青山生活不收
我无从得知，究竟是收不得，或是不屑收
金不换，不换金。有一些区别吗？有吧
我要逃向青山
但不是现在，不是我现在的模样

如果我只能目睹而非干预，如果我只能长眼睛而非身体
还要和活着求个交集
那么让我成为眼睛
我划开胸膛，那里有我的眼睛。潜伏已久，稚嫩，睁开
当青山找到那个离乡人时，他已经变成
一个红色眼睛的跳动
他牙齿相互切磋，从语言的大门进而变成语言本身
而语言本身成为乱码，实质地从嘴中，如涎，流下
青山上有一场废墟，那里是我的家
文字。废墟。母语。废墟
少年进入那死在地上的巨人中；跳动，跳动，拟作心脏
巨人站立，僵硬地行走，走回家中
人们再也没见到那巨人，一如再没见到那少年
我要最后回到春里，就在离开之前
把桃花酒编成脚腕上的细红绳，红杏作上面系的铃铛
这样即使在最凋零的秋里，我的身上仍流动些春的声音
我不会接近你，我只是徘徊
除非你身上有春天的味道

首壹佰零伍

我要成为我自己所忠诚的天上的孩子
以及其所寄宿的笔尖的爱人
我的道义很狭窄和简单
也就只有稻田能够接纳了
在里面耕作着，我的灵魂
我的灵魂，又彷徨
哪里是我的故乡？哪里被逼迫着成为我的故乡

他人喜爱的多是那些节制和规矩
我便去负责逍遥快活，衔着笔去翻地
“道之为物，惟恍惟惚”
道之为大，满了田中的谷穗
谷穗下面的便是谷杆，本该是要舍弃的
但这份规则不适用于我
我把谷杆存了下来，领着梦墨来编织
成了一叶小舟，度我到江的那畔，好让我下船

雨的来临是一种煎熬，不来怕，来了也怕
矛盾的自我也是矛盾

唯有把这份煎熬埋藏在被掩的地底，才能够平息
道之为大，土坯砌成的茅草房，以及他的同伴，更多的茅草房
该是不存于平地之上的，仿佛渴求着高山
但高山本身不欢迎这些逆逃的孩子，于是他们也只能将就
将就着抚养着下一批可能叛逃的孩子，但过程本身也算不得将就
它们站在高处凝望着地下的奔走嬉戏的孩子们
也不知道有谁真正会有一丝挚爱的意思
只是以厚重的乡土告诫着它们，不要责备你的土地

乡间的道路是平坦的，不止属于这里的人们
而生属于所有的被大时代和青史所记录和没有所记录的人们
那些没有样子和过去的数字
都从这里经过
走了出去，征服了乡村以外的世界
但我甘愿放弃这个梦想，站在村头
对着田野乡间张开双臂，欣赏它们诧异的表情
张开双臂，说：“你们的孩子回来啦。”
我愿回到田野，回到那一切意义的开端

一切的意义之中，我并不存在，开始和尾端
所期许的仅是我的田野，我的欣欣向荣，我的丰收
丰收可喜啊，丰收可喜

一切在开始的脆弱，变化为时间所改变了的丰满
在镰刀之下，又在太阳之上，所有人的生命都系于这一刀
刀口上划过的一粒谷子，就是人的一泓生命力
这些物质将在我的手上转变其性质，可喜
而站在丰收了的谷堆之上，去清点
那便是对于喜悦的规整，对于喜悦的兑现
是最可喜的
使其得到这一总结的另一原因
是在这一结果之后，便可以得知在卖完这固定的一仓之后
还有多少能进我的酒窖

最难熬的，其实不是数粮时的忐忑
而是将粮处理好放入酒窖之后的计划
看看今年存的酒要什么时候喝，去年存的酒能不能喝
看看前年存的酒还有几许
这个是值得掰着指头算的
算的时候，指头总会悄悄的多跑出来一个
我也就睁一只眼闭一只眼了
等到取出来一坛酒，抱着，抱着
感受那份蜕变的成长，那份软软地环住我的醇厚的酒香
泣不成声
和它比起来，我如一幅空壳

虚了光阴和年华，换得了加倍的疲倦
冯唐易老，和他一起易老的又何止是冯唐
若不是有这份田野留住了我，这份酒香拴住了我
也许连一个理想的谢幕都不会有
我不敢想象

入喉辛辣，呛了几下，却又硬生生地平缓了下来
无他，因为口舌体验到了那缠绵悱恻的醇香，覆盖了辛的甜意
舌尖触到了这份思念已久的味道
把这份快乐笔直地传递上了大脑
我只恨自己不是那唇舌，能够先我一步体验到这份触动
头脑已然无法在欢快之前保持清明，哪里顾得上什么品酒之法，仰头将其尽数灌入
来自小腹的暖意爬上了心脏中，昏了我的神志
也不知道是不是我的神志看准机会躲在了醉意后面
我把我的快乐垒在了所有的悲伤之上，让其前所未有的高
我无关于那些真假，无问于那些冬夏
什么真假，且待三巡酒后再与我说罢
说的什么谷子上开出的谷穗成了我的酒一坛
却是一坛酒里横插的谷穗上开出个我

如果哪位有心人打开我的血管，会有喷薄出来的爱恨
响彻云霄的率真，和不知道什么时候积攒而来的缠绵凄婉

不要惊讶我的朋友，请见证我的血液四散在我的故乡
在我的道义，在我的皇天后土
我要守望我的田野，我的故乡
我的大悲，是用大喜迎接而来的

若是一个轮回归来，我还能够站在这片土地上
再次拥有了我的田野
我一定要去会一会那千年美酒，以及那一定茂密了的荒芜
在一切的面前，我选择这永恒，这份传递的永恒
但在这之前，如果有哪位迷失在黑夜中的朋友路过
又恰巧没有灯火来寻路
那就举起我吧
我来度你的前方
遇到了来自五湖四海的朋友的话，请每人分我一碗大大的酒
往火把里面随意的撒吧，老头子我酒量好得很
我要让，五湖四海在内混合，在内融聚，在内做一个中国
放肆地浇我吧！浇我至醉！
在我原来站着的位置会长出一朵芳花，立于醉泥，头向艳阳！
要是我有梦想，那这就是我的梦想

如果你走了出去，那我便是开了万世的伟业
如果没有，那就当你我疯狂一场了

也是值得给你我最珍藏的一坛酒的事业
无论如何，我注定要逝去，在太阳之上，在我的田野之上
我所衔着的笔，也不要扔去，容我带着他
一起进入太阳之中
千年不朽的丰碑和我的墨水，和田璞玉所制得的笔
必将不朽以永恒
是太阳烧了我吗？
不
是我烧了太阳

我是太阳

首壹佰零陆

那隐秘在无边无际的夜幕中的金黄
何时才敢抚上我梦一般的彷徨
那灵动、翩飞、洁白的猫头鹰的精灵
为何早早饮尽我深藏在心，正欲流出眼眶的迷茫
那夜深人静诗哲一样的雪白天使
逃离，逃离，逃离我，独自向
山的尽头，海的尽头，海天一线的尽头，远去
那屈膝合眼而卧但曾经驰骋奔驰的宝马
可否叹出过吟游诗人唱给农夫小姐的荒唐
那掩藏在朱红罗裙中幽静自赏的玫瑰
正换上面具，优雅自笑
拓了巍然、孤独、沉重、高大、金黄的石碑
难道就不是文盲？
那田旁轻侧满载佳酿香车
又目睹了一夜怎样的风流倜傥
是谁将天上，那漫长而灵动的忧愁身躯横放
任天地恣意品尝
又是谁，哪个不尽责任的情夫而所为
狠下心来，让星光垂眸，暗自忧伤

首壹佰零柒

我被囚禁在大山的腔里
在固定的管道里滑行
哭干眼泪前不得离开

一锄又一锄，我
将我的大地捣碎
喂给他乡的人

有的时候我也觉得我是岩石了
山上的岩体崩碎
我是被抬出来的花岗岩
大山给我棱角
风却给我圆滑

我的皮肤黝黑如岩，我的
皮肤裂开如岩
我的骨头凸起
血液待发

植物扎根土壤
太阳扎根天空
可怜的铲子扎根锄头和头灯

我挖开大地
就像挖开天堂
一铲一铲
垒在我靠向天堂的路

天空看向大地，准备云雾
海底看向陆地，准备海浪
我看向生活，准备呕吐

我太累了，双眼打颤，浑身打颤
请放我离开，就今夜
我会当一块快乐的沉积岩
我会快乐地唱歌，在别人的铲子挖开我之前

首壹佰零捌

我的嘴只会在 12 点整裂开
像平安符在空中突然自然而然地燃烧起来
花钱，消灾
碎碎平安
裂开吧，裂出血，裂出些好听的声音

首壹佰零玖

少女忧愁地托起下颚
五十万个赫本涌入时尚部
指甲轻咬，手套轻摘
少女的入殓师就来
刽子手迫不及待
她突然裙子一提，冲入人群
拉着大法官就跑
“带上我的下午茶，先生！”
“先生”恰好刚当牛顿

一路跑出一些世纪，再越过一些世纪
他们撞入静谧的花园和草场
牛顿一头撞成法典，法典会算 G=mg
少女的裙子揉成筒裤，少女紧张地咬指甲
21 世纪，时尚部流放赫本 25 万个
她们流浪街头，吃提拉米苏

嗅着香味，笛卡尔缓步走来
他披着衬衫，高举三根手指：

少女滑进酒窖，酒神迷醉，脸颊绯红
笛卡尔放下一根手指
光无限延伸，就像日子
少女叹气，抱怨无期限的粉红假期
笛卡尔还剩一根手指
少女打开黑板，捻着笔梢橡皮
给公主的爱，心形的方程式立方
笛卡尔手指一根不剩
就像他研究的光那样，他瞬间无限缩小
直到成为小男孩笛卡尔背上圆乎乎的小脸上学
顺便解雇所有芝加哥学派学究
此情此景，吓坏少女
她扛着法典跃到街上，瞬间融入赫本（们）

少女走后不久，
人事部找上时尚部，要求交出剩下的 25 万赫本
理由充分，道理简单，白纸黑字
“我们需要廉价劳动力”